IK BEN (G)EEN SLET

Roger Vanhoeck
Ik ben (g)een slet

Vanaf 13 jaar

© 2006, Abimo Uitgeverij
Europark Zuid 9, 9100 Sint-Niklaas
Tel. 0032 (0) 3/ 760 31 00
website: www.abimo-uitgeverij.com
e-mail: info@abimo-uitgeverij.com

Eerste druk: mei 2006

Coverillustraties
An De Bode

Vormgeving
Marino Pollet
[handschrift: Frank Pollet]

NUR 284
D/2006/6699/35
ISBN 90-59323-07-6

Ik ben (g)een slet

Roger Vanhoeck

ABIMO
UITGEVERIJ

Een

Nog voor de bus de hoek omdraait, weet ik dat hij eraan komt. De motor gromt diep en dreigend. De uitlaat kucht en proest. Ik schik mijn rugzak beter op mijn schouders en steek mijn hoofd buiten het bushokje. Een oudere dame zit achter mij op het enige bankje waar geen krassen op zitten en waar de verfbus van de graffitispuiters het heeft laten afweten. Ze komt stijfjes overeind en wijst naar een affiche aan de overkant van de straat.

'Ga jij daar ook naartoe?' vraagt ze.

De metershoge foto van Coldplay nodigt iedereen uit op hun concert in het Antwerpse Sportpaleis.

'Misschien', antwoord ik ontwijkend.

'Mijn kleindochter gaat ook', glimlacht het dametje. 'Een goeie groep, Coldplay, die kerels kunnen zingen.' Ze klinkt heel beslist.

'Ja', zeg ik met weinig enthousiasme. Eerlijk gezegd vind ik die Coldplay-gekte overdreven. En of ze goed zingen, kan me eigenlijk niet schelen. Het is meer de sfeer, het ijle, het ongrijpbare dat me aantrekt in een album als 'Yellow'. Voor de rest heb ik het liever wat heviger, iets ruiger. Geef mij maar 50 CENT of Chris Brown. In die muziek voel je tenminste de beat door je aders daveren.

'Hoe oud ben jij?' vraagt de vrouw.

'Veertien jaar en drie maanden.'

'Ken jij Tine misschien? Tine Dedijcker, mijn kleindochter. Ze is denk ik wat ouder dan jij, maar dat zou je niet zeggen. Ze is nogal klein van stuk. Een leuke meid, hoor.'

'Kan zijn.'

Die oude bes hangt me de keel uit. Gelukkig arriveert de bus. Lijn 52. Remmen knarsen. Een wolk blauwe uitlaatgassen walmt over het asfalt en kruipt weifelend onder de bus uit. Ik hoest. Terwijl ze opstapt, wuift het dametje de stinkende gassen voor haar neus weg.

'Marktplein,' zeg ik.

De chauffeur kijkt me verbaasd aan.

'Eén euro tien', gromt hij. 'Ga je naar school?'

'Ja', antwoord ik kort. Wat heeft die vent ermee te maken waar ik naartoe ga? Het enige wat hij moet doen is geld ontvangen en rijden.

'Een abonnement is goedkoper. Scholieren krijgen een fikse korting.'

'Weet ik.'

De goede raad is in de aanbieding vandaag! De ene wil dat ik met haar kleindochter aanpap, de andere doet zijn best om mij een schoolabonnement aan te smeren. Dat ze me met rust laten, ik heb voorlopig genoeg aan mezelf.

Alsof ik zin zou hebben om tegen wildvreemden te gaan vertellen dat dit mijn eerste dag is op een nieuwe school. Ook die bus is niet mijn keuze. Papa vindt een fiets te gevaarlijk in een vreemde stad. Omdat hij mij een nieuwe laptop heeft beloofd, heb ik niet teveel tamtam gemaakt. Maar ik blijf het belachelijk vinden. Te gevaarlijk? Laat me niet lachen!

Ik stop het wisselgeld in de zak van mijn jasje. Op de grote klok boven de voorruit is het zeven voor acht. Vanaf het Marktplein is het hooguit zeven minuten lopen naar de school, beweerde de directeur.

De bus rijdt weer. De plaatsen vooraan zijn ingenomen door oudere mensen. De bes zit net tegenover de uitgang. Ze kijkt dromerig door het raam en is me vergeten. Gelukkig maar. Als een dronkelap strompel ik, van paal naar leuning graaiend, naar een vrije zitplaats.

Achteraan in de bus zitten een tiental jongeren, het merendeel jongens, te lachen en te dollen. Zijn ze ook op weg naar het Vesaliuscollege in de Timmermansstraat?

Het schijnt een grote school te zijn. Negenhonderdtwaalf leerlingen, verdeeld over drie afdelingen: lagere school, college en technisch onderwijs, richting houtbewerking. Houtbewerking in de Timmermansstraat, leuk hè, heeft de directeur gezegd in een poging zelf ook leuk te zijn. Papa kon zijn grapje wel pruimen. Zelf vond ik het maar flauw. Met dat soort humor krijg je me niet aan het lachen. Ik was verdomme veel liever op mijn oude school gebleven. Vooral Kaat, mijn beste vriendin, zal ik missen. Ik hoop dat papa die laptop vlug in orde krijgt. Dan kan ik tenminste chatten en mailen.

Tussen de 'oudjes' en de jongeren blijven een vijftal rijen onbezet. Ik aarzel om te gaan zitten. Eigenlijk hoor ik bij die tweede groep, maar ik kan mij toch niet zomaar opdringen. Ik ken er niemand van. Ik kies voor een tussenoplossing en vind een plekje in het niemandsland in het midden van de bus. Het is warm. Ik trek mijn jas uit en leg hem op mijn knieën, bovenop mijn rugzak. De opgewonden gesprekken en de drukdoenerij achter mij verstommen. Ik voel priemende ogen in mijn nek. *Wie is die meid? Nooit gezien. Zit ze op onze school? Weet ik veel.*

De grootmoeder van Tine Dedijcker gluurt over haar schouder en glimlacht. Die oude tante is best wel lief, denk ik.

Aan de volgende halte stappen twee jongens en een meisje op. Een van de jongens is een slungel met blond haar tot op zijn schouders, een grijze slobbertrui en een wijde gabberbroek die over de grond sleept en voortdurend de neiging heeft om van zijn heupen te glijden. Hij steekt zijn abonnement onder de neus van de chauffeur en zwaait tegelijk uitgelaten in de richting van de bende achter mij. Hij lacht van oor tot oor, zijn mond is veel te groot.

De tweede jongen drentelt als een schoothondje achter hem aan, het meisje sluit de rij. Zij is helemaal in het zwart gekleed: jeans, topje, trui. Het opschrift *Lonsdale girl* bedekt haar kleine borsten. Rond haar hals bengelt een zilveren pentagram. Wanneer ik haar voorbij zie trippelen, voel ik mezelf een beetje truttig. Ik had beter ook een sexy truitje of een strak T-shirt aangetrokken. Mijn borsten zijn in elk geval niet zulke spiegeleitjes als die van die zwarte. Maar ja, papa stond erop dat ik een keurig wit bloesje, een rok en een jasje aantrok. Kwestie van een goede indruk te maken op de eerste dag. Ook hier snoerde de gedachte aan de beloofde laptop het protest vast in mijn keel.

Sigarettenrook?

Enkele hoofden voor mij kijken verontwaardigd achterom. Een man begint ostentatief te kuchen en schuift zijn raampje open. De rook, die ondertussen tot vooraan in de bus is doorgedrongen, alarmeert de chauffeur.

'Roken is verboden in de bus!' roept hij met één oog op de weg en het andere in de spiegel boven zijn hoofd.

'Hier rookt niemand. Het is de bus die stinkt!'

Een lachsalvo begeleidt de uitroep. Ook ik vind het best grappig. Moet je wel lef voor hebben. Zichtbaar rookt er niemand en toch is de geur onmiskenbaar. Het zwarte meisje zit op de schoot van de lange, die zijn mond openspert als een wafelijzer.

'Doof onmiddellijk die sigaret of je gaat eruit!'

'Ga je grootje pesten, man.'

De diepe basstem van de lange zou je eerder uit de keel van een corpulente vent hebben verwacht. De hilariteit in het groepje stijgt ten top. Het meisje in het zwart ligt bijna dubbel.

De chauffeur gaat op de rem staan en zet de bus aan de kant. Iemand schuift een raampje open. Een forse windstoot waait naar binnen. De lange duikt weg achter de leuning van de stoel voor hem, neemt nog een diepe haal en gooit dan de brandende sigaret op het asfalt, waar hij bijna gelijktijdig wordt geplet onder het voorwiel van een passerende auto.

De chauffeur klautert onhandig achter zijn stuur vandaan. Het is een bonk van een kerel. Op zijn rechteronderarm steekt een piepkleine slang haar vuurrode tong uit. Ik vind het een belachelijke tatoeage voor zo'n boomstam.

Gespannen gezichten volgen de driftige stappen van de bestuurder door het middenpad. De uitgelaten bende van daarnet zit er eensklaps bij als een kudde onschuldige schapen. Enkel het meisje met het pentagram rond haar hals hikt nog even na.

'Wie zat er te roken?' blaft de chauffeur.

'Wat roken? Hoe roken?' bast de slungel. 'Sorry, ik heb niks geroken. Hebben jullie wat gemerkt, jongens?'

Alle hoofden schudden als op bevel.

'Het is echt de bus geweest, meneer. Je merkt het zelf, hij staat stil en de rook is weg.'

De *Lonsdale girl* gooit haar hoofd in de nek en hinnikt als een jong veulen. De bestuurder zich niet laat afleiden.

'Je naam', eist hij.

'Wie? Ik?' doet de lange verontwaardigd.

'Vlug wat, man, ik heb weinig geduld.'

'Ik heb niks gedaan.'

'Kan me niet schelen, je naam!'

'Steven.'

'Achternaam!'

'Wijsmantel.'

Het meisje in het zwart lijkt even te bevriezen. Ze verbergt haar grijns haastig achter twee smalle handen met zwart gelakte nagels.

'School!'

'Vesaliuscollege.'

Had ik het niet gedacht!

'Misschien was zij het wel die rookte', wijst de lange plotseling in mijn richting.

De smeerlap! Ik geloof mijn oren niet. Hij leunt nonchalant achterover, steekt zijn benen uit en legt ze kruiselings op de bank voor hem. Ik bliksem met mijn ogen, hij knipoogt.

'Leugens, chauffeur, dat meisje rookt niet.'

Godnogantoe, die oude trees hoeft me niet te hulp te snellen. Ik kan mezelf wel verdedigen als het nodig is. Dat ben ik gewend. Ze slaat de bal trouwens mis, ik rook wel.

De chauffeur werpt een ongelovige blik in mijn richting. Eén oogopslag is blijkbaar voldoende om hem ervan te overtuigen dat de beschuldiging van de lange geen steek houdt. Zo'n onschuldig wicht, hoor ik hem denken. Ik voel me nog idioter dan daarstraks.

'Denk maar niet dat je er zo gemakkelijk van afkomt, kerel. Ik speel dit zaakje door aan de directie en zonodig ook aan de politie. En haal verdomme die schoenen van die stoel. Daar moeten nog mensen zitten.'

'Neem me niet kwalijk, mijn benen zijn te lang.'

En je mond te groot, denk ik, terwijl er een kirrend lachje ontsnapt uit mijn keel. Ik kuch het haastig weg, maar ik ben er zeker van dat de lange het toch heeft gemerkt. Hij gaat kaarsrecht zitten en trekt een verongelijkt gezicht van hoe-is-het-mogelijk. Zoals hij daar zit, lijkt hij wel een engeltje.

De bus rijdt weer.
Ik plak mijn neus tegen de ruit en zit te denken hoe ik het aan boord ga leggen om die troep te ontwijken op de weg van het Marktplein naar school. Ik vind het helemaal geen leuk idee om samen op te trekken.
Totaal onverwacht laat de slungel zich op de stoel naast mij neerploffen. Ik heb hem niet eens horen aankomen.
'Hoi, ik ben Andres. Hoe heet jij?'
'Andres?' aarzel ik. 'Daarnet…'
'Ik ben een kameleon, meisje. Andres, Steven, Niels, Kasper, namen zat', grinnikt hij. 'En jouw naam?'
'Laura.'
'Mmmm, mooie naam, L a u r a.'
Hij sabbelt op elke letter van mijn naam en kijkt me lachend aan. Mooie ogen heeft hij wel.
'Nou, ja, zo'n knappe griet moet ook een passende naam hebben.'
Ik voel mijn wangen gloeien. Die kerel heeft niet alleen lef, hij is ook nog een charmeur. Toch zet ik mijn stekels op. Zo makkelijk laat ik mij niet inpalmen.
'Ik ben geen griet', bits ik.
'Neem me niet kwalijk, juffrouw Laura', spot hij terwijl hij zijn hand speels op mijn knie legt. Als de bliksem duw ik hem weg.
'Handen thuis!'
De lange is niet in het minst uit zijn lood geslagen. Hij staat

grijnzend op, kraakt zijn vingers en loopt terug naar zijn vrienden.

'Ze heet Laura en ze studeert voor non', hoor ik hem zeggen.

Eén ding is me nu al duidelijk. Die kerel is geen gewone. Zelfs van een nederlaag maakt hij een overwinning. Ik hoop echt dat hij niet bij mij op school zit. Ik ben kwaad op mezelf omdat ik zijn ogen mooi vond.

Twee

Ondanks het oponthoud arriveren we ruim op tijd op het Marktplein. Twaalf over acht. Zeven minuten lopen naar school, zei de directeur. Dus...

Het is marktdag en erg druk op het plein. Om de lange en zijn troep te ontwijken, knoop ik een onbenullig gesprek aan met de oma van Tine Dedijcker. Nou ja, gesprek, veel hoef ik niet te zeggen. Ze heet Melanie en het is een echte praatvaar. Ze wil groenten kopen op de markt, maar in de eerste plaats een gebraden kip. Daar is ze dol op. Thuis kan ze ze nooit zo lekker braden, beweert ze. Ik laat haar maar lullen.

Zodra de kust veilig is, neem ik afscheid. Ik glip tussen een kledingkraam en een hamburgertent door. De geur van gebakken ui doet mijn maag samentrekken. Wie heeft daar in godsnaam trek in, zo vroeg in de morgen?

Het secretariaat, waar ik me van de directeur op de eerste dag moest melden, zit achter een matglazen deur, vlak naast de toegangspoort. Het is even voor half negen. Ik klop aan. Geen antwoord. Ik klop een tweede keer, weer geen reactie. Stel dat de directeur vergeten is mijn komst te melden, sta ik hier mooi te blinken. Ik voel nieuwsgierige ogen achter mij. Gelukkig is er van die macho en zijn troep geen spoor meer te bekennen. Naar binnen gaan dan maar? Waarom ook niet?

De deur is niet op slot. Ik stap naar binnen. Ik voel me meteen veiliger. Vanaf hun portret aan de muur tegenover mij glimlachen de koning en de koningin me geruststellend toe. Twee brede ramen kijken uit op het schoolplein.

De bel rinkelt. Gesprekken vallen stil, groepjes beginnen uiteen te gaan. Een boek, een schrift wisselt nog vlug van eigenaar. Snel, snel nog even naar het toilet. Na de tweede bel wordt het bijna helemaal stil op het schoolplein. De leerlingen haasten zich naar de klassen.

Discipline stellen we op prijs, zei de directeur. Het lijkt erop dat hij gelijk heeft. Op mijn vroegere school ging het er losser aan toe. Terwijl ik dat denk, gaat er in mijn hoofd een stemmetje piepen. Misschien is het toch een vergissing, Laura. Als je niet voor papa had gekozen, zat je nu nog bij Kaat op je oude school.

Mijn jongste zusje, Shana, die vorige week dertien is geworden, en ik zaten zij aan zij in het bureau van de rechter, een dame. Naast haar zat een norse man die elk woord intikte. De griffier, zei papa later.

'Ik heb een heel belangrijke vraag', zei de rechter. 'Jullie moeder wil dat jullie bij haar komen wonen. En jullie vader wil net hetzelfde. Ik zou graag weten wat jullie daarvan denken.'

Shana gluurde even naar mij alsof ze wilde zeggen:'Zeg jij het maar, jij bent de oudste.' Mijn hoofd draaide dol. Zo'n vraag had ik helemaal niet verwacht. Ik haalde een beetje hulpeloos mijn schouders op. Ik kon echt niet kiezen, wilde het ook niet. Voor wie ik ook koos, altijd zou ik iemand ongelukkig maken. In een kwade bui had mijn moeder me wel eens verweten dat ik iedereen ongelukkig maakte. Ze bedoelde daarmee in de eerste plaats zichzelf, maar misschien had ze wel gelijk.

'Ik wil niet dat ze scheiden', zei ik zonder veel overtuiging. Met al

die ruzies van de laatste maanden tussen papa en mama was ik daar trouwens niet zo zeker van.

De rechter moet mijn twijfels hebben gevoeld. Ze keek ons om beurten aan, alsof ze met haar blik het antwoord uit onze neus wilde peuteren. Ze zuchtte en prutste met twee vingers in het dossier dat voor haar op tafel lag. De griffier trommelde werkeloos met een pen op het bureaublad.

'Ik blijf bij mama', zei Shana plotseling heel beslist.

De rechter glimlachte goedkeurend. 'En jij, Laura?' vroeg ze.

Op dat moment hoorde ik mama zeuren in mijn hoofd. 'Op tijd thuis! Wat doe je met die aansteker in je zak, je rookt toch niet? Moet je nu weer weg? Die rok is te kort, Laura. Kijk eens aan, die Jaap is toch geen vriendje voor jou. Een piercing, ben je gek?'

'Bij papa', zei ik.

De twee woordjes vielen zomaar uit mijn mond. Gelukkig vroeg de rechter niet waarom ik voor papa koos. Ik had haar geen antwoord kunnen geven. Oké, papa zat me niet voortdurend op de huid, maar dat kon ook niet, want hij was er haast nooit. De keren dat hij er wel was, hadden ze geen van beiden aandacht voor ons. Dan was de spanning te snijden. Het minste vonkje, een misbegrepen woord, een kwetsende blik kon de boel laten ontploffen. Dan slingerden de wederzijdse verwijten als bliksemschichten door het huis, deuren vlogen haast uit hun hengsels. Alleen op mijn kamer kon ik dan nog schuilen.

'Papa zal blij zijn', fluisterde Shana.

'Weet je het zeker?' vroeg de rechter.

'Anders had ik het toch niet gezegd', bitste ik.

Ik schrok zelf van het toontje dat ik aansloeg, maar de rechter schrok nog harder. Het kon me niet verdommen. Ze wilde een keuze, nu had ze er een. Op dat ogenblik dacht ik maar één ding: zo snel mogelijk wegkomen uit dat duffe lokaal, ontsnappen aan die vervelende vragen.

'Dan is het duidelijk', besloot de rechter. 'In mijn vonnis zal ik reke-
ning houden met jullie voorkeur. Over enkele weken...'
De muren leken voorover te buigen. Ze dreigden me te verstikken.
Ik zette mijn oren op 'uit'.

Een vriendelijke stem wekt me uit mijn dagdroom.
'Voel je je niet lekker?' vraagt een dame bezorgd. Ze is aan de
mollige kant met twee kuiltjes in haar wangen. Haar blouse
is minstens twee maten te klein. Tussen de knoopjes zijn om
de beurt een stukje huid en een zwarte beha te zien.
'Nee, nee, het gaat wel', zeg ik haastig.
'Je ziet helemaal rood en je zweet.'
Ik voel me betrapt en veeg haastig de zweetdruppels van
mijn voorhoofd en neus.
'Ben je ziek?'
'Nee.'
'Wat is er dan? Zeg het maar.'
Ik zwijg. Het verhaal dat zonet door mijn hoofd speelde,
sluit ik op achter mijn kiezen.
De dame trippelt me op hoge hakken voorbij. Haar schoei-
sel verbaast me. Een paar makkelijke gympies zouden haar
beter staan. Ze gaat achter een van de drie bureaus zitten.
'Ik ben Sylvia Vleminckx, de secretaresse. Wat kan ik voor je
doen?'
'Ik moest me hier melden. Er was niemand, daarom...'
'Ha, jij bent de nieuwe', onderbreekt de secretaresse me.
'Natuurlijk. De directeur heeft ons gewaarschuwd. Maar ja,
's morgens is het hier altijd zo druk.'
Ze leunt achterover. Balancerend op de achterste stoelpoten
trekt ze een bureaulade open.
'Zie je wel, je dossier ligt al klaar', lacht ze, terwijl ze een
oranje map openslaat.

'Laura Meskens, veertien jaar...'

Haar ogen glijden over het papier in haar hand. Nu begint ze over papa en mama, vrees ik. Mis gegokt!

'Het is geen pretje om midden in het jaar van school te veranderen. Ik hoop dat je het hier vlug naar je zin hebt. Heb je al een schoolreglement gekregen van de directeur?'

'Ja.'

'Gelezen?'

De secretaresse monstert me met haar donkere ogen. Mijn wangen gaan weer gloeien.

'Sorry, nog geen tijd gehad. Ik ben dit weekend verhuisd.'

'Nou ja, dat begrijp ik wel. Toch raad ik je aan om het reglement eens grondig door te nemen. Regels verschillen nogal eens van school tot school.'

'Natuurlijk', zeg ik haastig.

'Mooi zo. De directeur heeft je ingedeeld in klas 2c. Een toffe klas. Twaalf jongens en zes meisjes. Met jou erbij worden er dat dan zeven. Je zult vlug vrienden maken.'

Mijn vrienden zitten op een andere school, denk ik wrang. Het geklets van dat mens begint op mijn zenuwen te werken.

'Kan ik nu naar de klas?' vraag ik niet bijzonder vriendelijk.

'Het is de gewoonte dat de directeur nieuwe leerlingen persoonlijk gaat voorstellen in de klas. Waarschijnlijk is hij ergens opgehouden.'

Zal wel, denk ik. Directeuren hebben het altijd druk. Papa ook. Hij is personeelsdirecteur – zelf noemt hij dat met een geleerd woord 'HRM' oftewel *Human Resources Manager* – bij de firma Dotcom, een bedrijf dat computerprogramma's maakt. Voor hij Gisèle leerde kennen (en daardoor ruzie kreeg met mama) kwam hij zelden vóór negen uur thuis. Daarna werd het nog erger. Hij daagde soms nachtenlang niet op. Dat zal dan wel niet aan het werk hebben gelegen. Voor mij is het enige voordeel van zijn job, dat hij me makkelijk aan een nieuwe laptop kan helpen.

'Jouw ouders zijn dus gescheiden. Jij woont bij je vader en daardoor verander je van school, lees ik.'

Ach mens, hou toch op, denk ik. Elke dag achtentwintig kilometer heen en ook weer terug, stel je voor.

'Het leven is niet altijd een pretje', zucht de secretaresse.

Mijn blik hapert aan haar handen. Geen trouwring. Misschien is ze zelf ook wel gescheiden.

'Rook jij?' vraagt ze onverwacht. Het klinkt alsof ze het over een doodzonde heeft.

'Drie of vier saffies per dag', antwoord ik zonder blikken of blozen. Dat had ze niet verwacht. Ik merk het aan haar ogen.

'Nou ja, in je vrije tijd doe je wat je wilt. Maar dit is een rookvrije school, dat weet je toch?'

'Ja.'

'Die sigaretten kun je beter thuislaten.'

Ik zwijg. Ze beseft niet dat ze mij met haar geleuter juist zin doet krijgen in een trekje.

'En op de bus?' vraag ik langs mijn neus weg.

'Wat op de bus?'

'Mag je daar roken?'

'Op lijnbussen is dat sowieso verboden.'

'En als leerlingen van deze school het toch doen?'

'Dan zwaait er wat! We willen de goede faam van onze school hoog houden. In geval van drugs zijn we nog strenger. Dan word je onmiddellijk van school gestuurd. En we halen er altijd de politie bij.'

'Dat was op mijn vorige school niet anders.'

'Nogal wiedes, vind je niet? Met die dingen kun je niet streng genoeg zijn. Ik denk...'

Ze maakt haar zin niet af. De rest van de woorden wordt weggeblazen door een tochtvlaag, afkomstig van de deur, die met een brede zwaai openvliegt. De directeur komt binnen. Zijn gezicht staat op onweer.

'Moet je nu eens horen, Sylvia, ik heb de politie daarnet...'

Ook de directeur slikt zijn woorden in als hij mij opmerkt. Tegelijk klaren de donkere schaduwen in zijn gezicht op.

'Ha, Laura, sorry dat ik je heb laten wachten', glimlacht hij. 'Ben je met de bus gekomen?'

'Ja, meneer.'

'Gemakkelijk, niet? Ik had het je gezegd, het is een fluitje van een cent.'

De directeur gooit zijn aktetas met een nonchalante zwaai op een stoel en grijpt naar de telefoon.

'Onverwachte problemen', bromt hij. 'Spijtig dat ik je niet persoonlijk naar de klas kan brengen. Neem jij het even over, Sylvia?'

De secretaresse staat al op. Met twee handen tegelijk trekt ze haar bloes omlaag. De gaatjes tussen de knopen knipogen.

'Kom', zegt ze.

'Ik wip straks nog even binnen', roept de directeur als we al buiten zijn. Ik kijk om en zie hem telefoneren.

De secretaresse neemt me op sleeptouw. Haar hakken tikken op de plavuizen.We steken het schoolplein diagonaal over. Ik voel me als een hondje dat achter zijn baas aandrentelt. Onder de galerij aan de overkant rinkelt plots mijn gsm. Alsof ze pal tegen een onzichtbare muur aanloopt, staat de secretaresse eensklaps stil. Ik kan nog net vermijden dat ik tegen haar opbots. Ik mompel een vage verontschuldiging en frunnik in mijn rugzak op zoek naar mijn mobieltje, dat steeds nadrukkelijker om aandacht smeekt.

'Afzetten, dat ding!' beveelt de secretaresse nors. De toon die ze aanslaat maakt dat ik mijn stekels opzet. Brutale woorden kriebelen altijd in mijn bloed.

'Het is vast papa', merk ik even nukkig op.

'Maakt niet uit, geen gsm op school. Lees maar in het reglement.' Haar stem blijft bars klinken.

'Misschien is het dringend.'

'In zo'n geval kan er altijd naar het secretariaat gebeld worden.'

'Is dit hier soms een concentratiekamp?' roep ik, nu echt driftig. Ik besef meteen dat ik te ver ga.

De secretaresse blaast haar wangen op als een kwakende kikker.

'Concentratiekamp', snuift ze. 'Hoe durf je? Het zou hier een mooie boel worden als iedereen te pas en te onpas gebeld werd. Je zet dat ding ogenblikkelijk uit of ik neem het af.'

'Dat mag niet! Dat is diefstal!'

'Oh, mag ik dat niet? Het reglement geldt anders voor iedereen. Als het je niet bevalt, kun je nog altijd een andere school zoeken. Ik vrees dat je lang zult moeten zoeken voor je er eentje vindt waar ze die vervelende dingen wel toelaten.'

Daar heeft ze een punt! Maar het is niet zozeer het gsm-verbod dat me dwars zit. De toon die dat mens aanslaat, maakt me gek. Eerst lijkt ze moeder Theresa in hoogsteigen persoon en een halfuur later verandert ze in *Frau Sylvia* van de SS. Mijn misplaatste opmerking over dat concentratiekamp was zo gek nog niet.

Het heeft natuurlijk geen zin het incident op de spits te drijven. Voor een eerste dag heb ik het al bont genoeg gemaakt. Ik schakel mijn gsm uit en stop hem weer weg. Trouwens, het was niet papa, maar Kaat.

Drie

Ik sta vooraan in de klas en voel me als een vis in een aquarium. Zoveel paar ogen plakken als tentakels op mijn lijf. Zelf zie ik nauwelijks wat. Ik kijk wel, maar het lijkt alsof mijn hersenen de signalen niet begrijpen. Opeens heb ik veel zin om weg te lopen, me weg te stoppen op een plekje waar niemand mij kan vinden. De enige uitweg, de deur, wordt echter versperd door *Frau Sylvia*.

'Dit is Laura Meskens', hoor ik haar zeggen. Weer heeft haar stem een andere klankkleur. Zakelijk, emotieloos deze keer, alsof ze een refreintje afdreunt dat ze al honderden keren heeft gezegd.

'De directeur rekent erop dat jullie Laura tijdens de eerste dagen een beetje helpen. Ze heeft nog geen tijd gehad om het schoolreglement grondig door te nemen. Het zou spijtig zijn als ze daardoor domme dingen zou doen.'

Ik hoor spot en ook een tikkeltje dreiging in haar woorden. Feeks, denk ik oneerbiedig.

Langzaam krijgen de vage figuren rondom mij een gezicht. Het eerste wat uit de mist in mijn hoofd opduikt, is de uitgestoken hand van de leraar naast mij. Ik schud hem zonder erbij na te denken. Mijn hand verdrinkt haast in zijn knuist. 'Wim Vennegoor, leraar wiskunde', verduidelijkt hij. 'Kies maar een plekje, Laura.'

Om het gezicht van de leraar te kunnen zien, moet ik mijn

hoofd haast in mijn nek gooien. Hij is nog groter dan die slungel op de bus en zijn ogen gaan schuil onder borstelige wenkbrauwen. De ogen doen me, raar genoeg, aan een donkere vijver denken.

'Dank u', mompel ik.

Helemaal achteraan is een tafeltje vrij dat daar blijkbaar voor mij is neergezet. Ik ga zitten en voel me er heel wat veiliger dan vooraan in de etalage. Mijn hersenen beginnen weer te functioneren.

De leraar gaat ondertussen verder met het oplossen van een algebravergelijking.

Af en toe gluurt iemand over zijn schouder. Vooral de meisjes zijn nieuwsgierig. Ik hoop dat ze me niet truttig vinden met die ouderwetse bloes. Heimelijk haal ik een spiegeltje uit mijn tas en controleer mijn gezicht. Mijn haar kan nog door de beugel, maar mijn ogen staan er flets bij. Daarna laat ik mijn blik weer door de klas dwalen. Op het eerste gezicht is er niemand bij die ik ken. Of toch? Is dat…? Ja hoor, die kleine, vooraan links aan het raam. De stille jongen die samen met Andres en het meisje in het zwart op de bus stapte. Zit die ook al in het tweede jaar? Ik schatte hem hooguit twaalf. Dat foutje maak ik wel meer, die jongens zien er meestal nog als snotneuzen uit. Steek ze in een korte broek en ze kunnen zo terug naar de zesde klas.

Ik houd mijn ogen strak gericht op de rug van de jongen. Vroeg of laat kijkt hij wel om. Hij moet me herkend hebben, dat kan niet anders. Af en toe neigt hij even opzij en fluistert iets in het oor van zijn buurmeisje. Uiteindelijk voelt hij mijn ogen toch prikken. Hij draait schichtig zijn hoofd om. Eén tel blijven onze blikken aan elkaar haken. Ik knipoog. Hij wordt rood tot achter zijn oren en kijkt haastig weer de andere kant op.

Net voor het einde van de wiskundeles valt de directeur de klas binnen. Onmiddellijk laat hij zijn ogen op mij rusten. 'Ik zie dat je je plekje al hebt gevonden, Laura. Mooi zo', lacht hij.

Daarna wendt hij zich tot de leraar.

'Hebben jullie al kennisgemaakt, meneer Vennegoor?'

'Neen, directeur, ik was net van plan...'

'Geen probleem, dan doen we dat nu wel.'

Eén na één moeten de leerlingen gaan staan. Hun namen kletsen me om de oren. Myrthe Wagenaer, Kelly Praet, Voni Philips, Nan Tourné, Sven Wagenaer, Klaas Donckers... Ha, zo heet dat kereltje. Een leuke naam, bedenk ik. Zoals hij daar wat onwennig staat te lummelen, zijn benen lichtjes gebogen en zijn ogen verlegen naar de grond gericht, geprangd tussen stoel en tafel, vind ik hem ineens sympathiek. Wat heeft hij met die lange te maken?

Steven Wijsmantel... Ik schrik op. Steven Wijsmantel?! Ik denk aan het voorval in de bus. Je naam? vroeg de chauffeur. Die lange... heeft, verdomme, zomaar een valse naam opgegeven. De echte Steven krijgt daar vast problemen mee.

'Kom jij even met mij mee, Steven', beveelt de directeur op een toon die me aan *Frau Sylvia* doet denken.

Steven, die nog altijd half en half rechtstaat, valt van verbazing weer op zijn stoel.

'Je moet niet gaan zitten. Ben je met de bus gekomen vanmorgen?'

Zie je wel, daar heb je de poppen al aan het dansen.

'Ja, directeur', aarzelt Steven.

'Onmiddellijk meekomen, dan.'

De sproeten in het gezicht van Steven gloeien als kooltjes. Zijn rode haar staat in pieken overeind, zijn neusvleugels trillen. Met onzekere tred loopt hij naar de directeur. De klas gonst. Wat heeft die uitgevreten!?

Ik kijk Klaas Donckers strak aan. Er zit twijfel in zijn ogen. Of is het angst? Hij weet toch ook dat de lange op de bus de naam van Steven Wijsmantel misbruikt heeft. Waarom zegt hij niks? Moet ik zelf wat doen? Nee, dat is te vroeg. Het kan ook over iets heel anders gaan. Alhoewel, het gezicht van de directeur voorspelt niet veel goeds.

Intussen is de leraar wiskunde afgelost door een dame. Ze is slank en modieus gekleed: smalle rok, strak topje en daarover een trui met een schuine ritssluiting vanaf haar schouder. In haar linker neusvleugel schittert een piepklein steentje. Haar iets te zoete parfum waait als een wolkje door de klas.

'Mevrouw Dierckx, leraar Nederlands én groene leerkracht', verduidelijkt de directeur, terwijl hij me geruststellend aankijkt. Steven staat nog altijd als een geslagen hondje naast hem.

'Laura Meskens, een nieuwe leerling.'

De lerares schenkt mij een stralende glimlach terwijl ik me afvraag wat ze in godsnaam met een groene leerkracht bedoelen. Een groentje? De jongste leerkracht van de school? Dat zou wel eens kunnen. Ze lijkt me hooguit twintig.

Zodra de directeur en Steven zijn vertrokken, haalt mevrouw Dierckx een boek uit haar tas en leest een fragment voor uit 'Verboden Muziek' van Roger Vanhoeck. Het boek ken ik niet, de schrijver vaag.

Het boek gaat over het concentratiekamp van Auschwitz. Ik verberg een spontane grijns achter twee handen. Wat een toeval na mijn opmerking van daarstraks tegen *Frau Sylvia*.

24

Net voor de pauze is Steven Wijsmantel terug. Zonder een woord te zeggen gaat hij weer op zijn plaats zitten. Myrthe Wagenaer fluistert hem wat in het oor. Hij antwoordt niet. Ik ben er haast zeker van dat die lange hem een flinke poets gebakken heeft.

Wanneer de bel gaat, buk ik mij om mijn gsm uit mijn rugzak te nemen.

'Niet doen', zegt Klaas Donckers, die naast mij staat.

'Mijn vriendin heeft een sms-je gestuurd, ik moet nog antwoorden.'

'Gsm's zijn verboden.'

'Toch niet tijdens de pauze, hoop ik.'

'Jawel.'

'Wat voor een strontschool is dat hier.'

Klaas grinnikt.

'Ken jij hier dan geen plekje waar het wel kan?' vraag ik.

'Het toilet, maar ook dat is geen goed idee. Je zou niet de eerste zijn die zijn mobieltje kwijt raakt.'

Nukkig stop ik het ding weer weg.

'Je kunt die gsm sowieso beter thuislaten, want ze jatten hier als eksters', zegt Klaas ernstig.

'Ook dat nog!?'

We lopen samen naar het schoolplein. Klaas loodst me naar een troepje dat als een klos garen rond Steven klit.

'Politie!? Dat meen je niet. Waarom dan?' roept Myrthe vertwijfeld uit.

'Ze beweren dat ik gerookt heb op de bus en een grote muil heb opgezet tegen de chauffeur.'

'Jij rookt toch niet.'

'Iemand heeft me erin geluisd. Wanneer ik die smeerlap te pakken krijg, zal het zijn beste dag niet zijn.'

Klaas kijkt me een beetje hulpeloos aan. Hij denkt ongetwijfeld hetzelfde als ik. Steven zou het beter wat kalmer aan doen. Tegen de lange maakt hij niet de minste kans. Die kerel is een kop groter en verkoopt hem een pak rammel voor hij er erg in heeft.

'Waarom gaan jullie niet naar de directeur?' vraag ik. 'Iemand onterecht beschuldigen, dat kan toch niet.'

Ik zie tegelijk verwondering en spot in de ogen die me aanstaren. Waar bemoeit die zich mee, hoor ik hen denken. Dat is hier pas en ze gaat ons eens zeggen hoe het moet. Ik zoek hulp bij Klaas, maar hij bestudeert de punten van zijn schoenen.

'Bewijs het maar eens', zegt hij zonder op te kijken.

Van hem moet ik niet veel hulp verwachten. Gelukkig is er Myrthe.

'Laura heeft gelijk', zegt ze. 'Waarom laten ze die chauffeur niet komen? Hij kan de dader zo aanwijzen.'

'Het blijft een rotstreek', mompelt Klaas tussen zijn tanden.

Ineens vind ik hem een dikke lafaard. Hij vindt het wel een rotstreek, maar laat de anderen toch maar fijn de kastanjes uit het vuur halen. Of is hij als de dood voor die lange?

De bel maakt een einde aan de discussie.

We lopen terug naar de klas. Net voor we naar binnen stappen, neemt Klaas me bij de arm.

'Je moet oppassen, Laura. Andres is gevaarlijk.'

'En dan? Ik kan mijn mannetje staan.'

'Hij maakt je kapot.'

'Jij doet voor hem in je broek, ik niet.'

'Ik heb je gewaarschuwd.'

'Broekschijter! Jij weet dat Steven onschuldig is en je doet alsof je neus bloedt.'

'Ik ben niet zot.'

'Zot niet, maar laf.'

Klaas glipt de klas in. Ik aarzel. Misschien heeft Klaas gelijk en lost de zaak zich vanzelf op, zonder dat iemand zijn nek hoeft uit te steken. Maar, toch... Ik maak rechtsomkeert en stap naar het kantoor van de directeur.

Vier

Ik gooi de deur met een klap achter mij dicht. Het geluid knalt als een kanonschot door de smalle gang en huppelt de trap op. Papa steekt zijn hoofd om de keukendeur. Zijn vragende blik peilt tot in mijn maag. Ik doe alsof ik hem niet zie en stap door de dubbele glazen deur rechts de woonkamer in. Ik smijt mijn rugzak op de bank en gooi mijn jasje er bovenop.

'Kutschool', mompel ik binnensmonds.

'Wat zei je?' vraagt papa, die al bijna naast mij staat.

'Niks.'

'Echt vrolijk zie je er niet uit.'

'Pfff...'

'Ik ben speciaal een uurtje vroeger gestopt met werken. De pizza is al drie keer opgewarmd. Heb je moeten nablijven?'

Nablijven, nablijven, denk ik boos. Die duivelse Andres heeft me van de bus gejast, verdomme.

'Die bus is klote. Ik wil een fiets', zeg ik fel.

'Daarover hebben we het al gehad. En 'klote' is een woord dat niet in jouw mond past. Vertel me liever eens, waarom je je gsm hebt afgezet.'

'Dat heb ik niet gedaan.'

'Je nam niet op. Je begrijpt toch dat ik me ongerust maakte. Ik stond net op het punt om naar het secretariaat te bellen toen je thuiskwam.'

28

'Ze hebben hem afgepakt.'

'Afgepakt? Wie?'

'*Frau Sylvia* van de SS.'

Papa trekt een diepe frons in zijn voorhoofd. Zijn ogen twijfelen tussen lachen of boos worden. Daardoor krijgt zijn gezicht iets komisch, maar de humor van de situatie ontgaat mij.

'Wie is *Frau Sylvia*?' vraagt hij.

'Die trut van het secretariaat. Morgen mag ik hem weer ophalen. Wanneer ze me daarna nog één keer betrapt, stuurt ze me weg van school. Eerst drie dagen, daarna definitief.'

'Wist je dan niet dat het verboden was?'

'Ze had me al gewaarschuwd.'

'En je deed het toch?'

'Ik probeerde broodjes te bestellen. Tussen de middag mag je daar de deur niet uit. Een gevangenis is het. Ik had me verstopt in het toilet. Stond die gestapo me toch op te wachten, zeker. Iemand moet me verraden hebben.'

Papa zwijgt en kijkt zorgelijk. Staar niet zo dwaas, denk ik, niet zó! Die bezorgdheid kan me gestolen worden. Ik hoef ze niet. Zeker niet van hem! Jarenlang heb ik hem geen tien woorden per dag horen zeggen. Nu gaat hij ineens de bezorgde papa spelen. Alsof het hem echt wat kan schelen. Straks trekt hij zijn jas aan en haast zich naar Gisèle. Dan is hij me zo vergeten.

'Ik wil terug naar huis', zeg ik venijnig.

'Je bent thuis, Laura. Waarom ben je zo overstuur? Kom...'

Papa steekt zijn hand naar mij uit. Plotseling prikken er tranen in mijn ogen. Ik wil niet dat hij het ziet. Ik duik onder zijn uitgestrekte armen door, glip de woonkamer uit en loop met driftige stappen de trap op, de badkamer in.

Ik vouw mijn handen tot een schelp en klets een klad ijskoud water in mijn verhit gezicht. Dat lucht op. Als een blinde vink tast ik naar een handdoek. Niet te vinden! Aan het rekje naast de wasbak hoort een handdoek te hangen. Thuis ontbrak die nooit.

In de spiegel zien mijn troebele ogen een ineenvloeiend gezicht vol donkere en lichte strepen. *Je bent thuis, Laura.* Nee, ik ben niet thuis. Ik ben verdwaald. Ze hebben me op het verkeerde spoor, op de foute trein gezet.

Kwaad trek ik mijn truttige bloes uit en droog mijn gezicht en mijn handen ermee af. Ik wacht op voetstappen die aarzelend, verlegen bijna, de trap opklimmen. Domkop, verwijt ik mijn spiegelbeeld. Dwaze gedachte! Wanneer ik me thuis in een kwade bui wegstopte in mijn kamer duurde het nooit lang voor mama achter me aan kwam om het weer goed te maken. *Je bent thuis, Laura.* Is dit thuis? Mama is er niet en papa komt niet. Hij laat me stikken. Iedereen laat me stikken.

'Vuile klikspaan, maak dat je wegkomt!' tierde Andres. Zijn ogen vonkten. Hij rukte mijn rugzak uit mijn handen en gooide hem op het trottoir. 'Zoek het maar uit, tante non!' Klaas Donckers, die naast mij zat op de bus, werd nog kleiner dan hij al was. Het meisje in het zwart lachte. De anderen zaten er versteend bij.

Gekrenkt en beschaamd probeerde ik mijn uiteengewaaide spullen weer bijeen te scharrelen. De spottende blik van Andres woog als lood op mijn schouders. Een plotse windstoot toverde het heilige reglement van *Frau Sylvia* om in een vlieger. Ik rende er achteraan. De platgedrukte neuzen van Andres en zijn *Lonsdale girl* kleefden tegen de ruiten van de bus.

Ik trek de riem van mijn rok los en rits hem open. De rok glijdt vanzelf tot op mijn enkels. Ik stap eruit en loop in mijn ondergoed naar mijn kamer aan de andere kant van de overloop.

Met de deur op een kier sta ik eensklaps stil. Op mijn bureau staat een laptop. Een banner van rode letters loopt van rechts naar links over het scherm: W e l k o m L a u r a. Weer voel ik mijn ogen tranen. Wat heb ik toch? Om het minste ga ik huilen. Misschien heeft Andres wel gelijk. Ik ben een trut, een flauwe trien. Toch zijn het dit keer geen tranen van woede, maar van schaamte. Papa heeft woord gehouden. Kijk maar, de laptop is het bewijs, overtuig ik mezelf. Hij is het niet die moeilijk doet. Ik ben het zelf. Als de bliksem ren ik de trap af en val hem om de hals.

'Dank je, papa', prevel ik in zijn oor, terwijl ik me dicht tegen hem aandruk.

'Zou je niet beter eerst wat kleren aantrekken', lacht papa. 'Je bent hier niet op het strand.'

Mijn wangen gloeien.

'Haast je maar, voor die pizza helemaal een leren lap is geworden.'

Ik vlieg de trap op. Het eerste het beste wat ik te pakken krijg, trek ik aan. In een wip sta ik weer beneden en zet mijn tanden in de pizza.

'Mmm, salami, kaas, pikant. Lekker.'

Een streepje tomatensaus druipt langs mijn kin.

'Eet jij niet mee?' vraag ik met volle mond.

'Ik heb mijn part al op. Ik kon niet blijven wachten. Jij lijkt wel uitgehongerd.'

'Dat is ook zo. Broodjes moet je voor het begin van de lessen bestellen op het secretariaat. Vergeet je het, dan mag je de rest van de dag honger lijden.'

'De eerste dag mochten ze daar wel een uitzondering op maken.'

'Vergeet het! Gelukkig heb ik van Klaas een broodje kaas gekregen. Anders was ik vast van mijn stokje gegaan.'

'Wie is Klaas?'

'Een broekschijter. Nou ja, hij is wel lief, maar hij is als de dood voor Andres. Dat is een bullebak.'

'Ook dat nog! Een kutschool, een broekschijter, een bullebak en je gsm kwijt. Het was me het dagje wel.'

'Die laptop is het enige wat ik wil onthouden, papa. Ik had niet verwacht dat je dat zo snel voor elkaar zou krijgen.'

'Ik had het toch beloofd.'

'Ja, dat wel. Is *Messenger* al geïnstalleerd?'

'Ik dacht dat je dat zelf wel kon. De cam is gebruiksklaar.'

'Hé, is er een cam bij ook? Dat had ik nog niet gezien.'

'En een microfoon. Vind je het niet leuk?'

'Echt wel, keitof, joh. Mag ik je gsm even lenen? Ik moet dringend een berichtje sturen naar Kaat. Ze denkt vast dat ik dood ben of zoiets.'

'Geen probleem, maar niet 'in bewaring' nemen, hè.'

We lachen allebei.

•

Mama vond een pc maar niks. Dat is allemaal tijdverlies, heb je niks beters te doen, zei ze altijd. Gelukkig heeft papa een andere mening. Mijn laptop flikkert al.

Papa is naar Gisèle. Hij heeft beloofd rond een uur of elf thuis te zijn. Eigenlijk kan het me nu niet zoveel meer schelen. Ik vraag me wel af wanneer hij zijn nieuwe partner eens meebrengt. Eén keer heb ik haar al ontmoet. Ze was

best leuk, heel wat jonger dan mama. Ik schatte haar hooguit vijfendertig. Ze droeg een nauwsluitende jeans. De witmet-blauwe, gevlochten schouderbandjes van haar beha speelden een frivool spelletje op haar gebruinde huid. Eén bandje gleed voortdurend van haar schouder. Met een vinger duwde ze het telkens weer op zijn plaats. Papa had die ontmoeting niet geregeld, zelfs niet voorzien. Hij stond er wat onwennig bij en zei geen woord. Gisèle daarentegen kwebbelde er lustig op los. Of ik er niet tegenop zag om van school te moeten veranderen en wie mijn lievelingszanger was. Toen ik de naam van Chris Brown liet vallen, trok ze een guitig pruilmondje. 'Hé, hé, R&B fan?' lachte ze.
'En hip hop!' voegde ik er snel aan toe.
Daarna vroeg ze zonder enige overgang of ik al een vriendje had. Ik antwoordde niet. Ten eerste had zij daar niets mee te maken en ten tweede twijfelde ik eraan of haar interesse wel gemeend was.

Ik raap mijn gedachten bijeen en concentreer mij op het computerscherm. Wat een drukte! Sinds ik *online* ben, duikt de ene na de andere mijn box in. Ik heb er al spijt van dat ik zonder enige reserve mijn e-mail en gsm-nummer heb ingevuld op de lijst die mevrouw Dierckx liet rondgaan in de klas. Maar ja, eigenlijk kon ik moeilijk weigeren. Ik was beducht voor de reacties van mijn nieuwe klasgenoten. Die nieuwe is me er eentje, ze denkt vast dat ze de koningin van Nederland is en nog wat van die dingen. Bwa, laat ze maar contact maken. Als er eentje bijzit die me verveelt of die lastig doet, kan ik hem zo weer blokkeren. Zonodig maak ik een tweede mailadres aan, eentje voor de echte vrienden.
Ha, daar heb je Kaat! Eindelijk! Met de gsm van papa lukte het daarstraks ook al niet.

'Laura, ik dacht dat je me al vergeten was', plaagt ze. *'Ook op je gsm ben je onbereikbaar.'*

Haastig leg ik uit wat er met mijn mobieltje aan de hand is.

'Ik heb een nieuwe pc gekregen. Een laptop, draadloos en met alles erop en eraan.'

'Bofkont! Dat zou bij je ma niet gelukt zijn.'

'Dat denk ik ook niet. In elk geval niet zo snel.'

'Goed dat je voor je pa gekozen hebt.'

'Misschien...'

'Niet dan?'

'Ik denk nog vaak aan ma en aan Shana.'

'Daar is niks mis mee.'

'Nee.'

'Je kunt toch op bezoek komen zo vaak je wilt.'

'Het is niet bij de deur. Het kan alleen in het weekend. Op een avond heen en weer met het openbaar vervoer lukt me niet.'

'Kom je volgend weekend?'

'Vrijdagavond. Normaal zou ik zaterdag komen, maar papa gaat voor enkele dagen naar Parijs met Gisèle. Daarom kom ik een dagje vroeger.'

'Leuk, joh, dan zien we elkaar. Valt die Gisèle een beetje mee?'

'Ik heb haar nog maar één keer ontmoet.'

'En?'

'Ze is veel jonger dan papa.'

'Wat je nu zegt!? Heb jij al een man geweten die zijn vrouw dumpt voor een oude doos?'

Ik schrik een beetje van het woord 'dumpen'. Het lijkt net alsof Kaat over afval praat. Zo bedoelt papa het niet. Hij is gewoon verliefd geworden op iemand anders. Ik weet even niet wat ik moet antwoorden. Geen probleem, Kaat merkt mijn aarzeling niet op. Haar berichtjes blijven stromen.

'Kom je met de bus?'

'Of de trein. Het kan ook dat papa me brengt. Ik laat je nog iets weten.'
'Oké.'
'Hoe is het met Stefan?'
'Bwa…'
'Dat klinkt niet erg enthousiast. Problemen?'
'Het is een beetje moeilijk om uit te leggen.'
'Hebben we nu al geheimen voor elkaar?'
'Maar, nee, dat is het niet.'
'Wat dan? Vertel.'
'Als je het dan per se wilt weten, Stefan zaagt me de oren van het hoofd om sex te hebben.'
'Héhé…'
'Moet je niet mee lachen, Laura.'
'Doe ik niet. Ik vind het juist spannend.'
'Spannend, ja, ik ken hem pas twee maanden. Ik ben het beu, joh, die gasten zijn allemaal hetzelfde. Ze kunnen aan niks anders denken dan aan sex.'

Kaat kan het weten. Zij verslijt het ene vriendje na het andere. Lang duurt het nooit. Eerlijk gezegd ben ik wat jaloers op haar succes bij de jongens. Ik heb hooguit eens met Wouter gekust op een fuif.

'Neem je de pil?'
'Ik denk er niet aan. Zo gek krijgt hij me niet.'
'Je weet maar nooit. Denk maar aan Iris. Had jij ooit durven denken dat die… Ze werd verdorie zwanger.'
'Dat doet Stefan niet. Hij wil me alleen strelen en kussen, zegt hij. Ook op de intieme plekjes, snap je?'
'Ja, ja… En van het een komt het ander.'
'Ik wacht minstens tot ik zestien ben. En nu praten we over iets anders.'
'Oké.'
'Ik heb mijn haar gekleurd en een piercing laten zetten.'

'Echt? Waar?'

'In mijn navel. Stefan vindt dat mooi.'

'Cool, joh. Ik zou er ook wel eentje willen. Mama wilde er absoluut niet van weten. Misschien lukt het bij papa wel. Zeg, heb je geen cam?'

'Nee.'

'Spijtig, ik wilde het wel eens zien.'

'Vrijdag, hé. Het is een ring met een bolletje bovenaan.'

'Je maakt me jaloers.'

Er valt een korte stilte in het gesprek. Net op dat ogenblik valt Andres binnen.

'Hé, tante nonneke, heb je het reglement al gelezen?'

Meteen zitten mijn gedachten weer op school. Ik heb er absoluut geen zin in en klik Andres weg.

'Kaat, weet jij wat een groene leerkracht is?'

'Ja, we hebben er toevallig sinds deze week ook een. Het is een leerkracht waarmee je in vertrouwen over je problemen kunt praten.'

'Dat vind ik maar niks, hoor. Wie zegt dat hij niet klikt?'

'Dat mag hij niet.'

'En als hij het toch doet?'

'Dan is hij geen groene leerkracht maar een spion.'

'Dat bedoel ik nou net. Zou jij met die 'groene' over Stefan praten?'

'Ben je gek? Dat is privé.'

'Wanneer zou je dan wel gaan?'

'Bij pesten of zo…'

'Misschien kan ik dan wel eens bij die van ons langsgaan.'

'Word je gepest?'

'Problemen met een gast op de bus.'

'Vertel.'

In telegramstijl doe ik het verhaal van Andres. Ondertussen moet ik voortdurend nieuwe oproepen wegklikken. Andres is er telkens bij. Hij moest eens weten dat ik net een boekje over hem opendoe.

'Dat is niet zo leuk voor jou op de eerste dag.'

Het klinkt een beetje als een verwijt. Of vergis ik mij?

'Wat had jij gedaan dan? Gezwegen?'

'Ik weet het niet.'

'Je vindt me dus ook een klikspaan?'

Stilte.

'Zeg het maar, hè, je vindt me een verraadster.'

'Soms is het nodig om te klikken. Het is moeilijk om daarover te oordelen. Ik was er niet bij, hè. Maar als je het niet had gedaan, was die andere jongen de klos terwijl hij onschuldig was.'

'Zo denk ik er ook over.'

Weer licht de naam van Andres op in het balkje. Die kerel houdt niet op! Minstens vijf keer heb ik hem al afgewezen. Telkens komt hij terug.

'Sorry, Kaat, ik ga Andres blokkeren. Hij valt me lastig.'

'Misschien wil hij het goedmaken.'

'Dan ken je hem niet.'

'Jij wel dan?'

De antwoorden van Kaat brengen me nog meer aan het twijfelen. Ze klinkt zo dubbelzinnig. Het lijkt alsof zij toch twijfelt aan mijn gelijk. Akkoord, echt kennen doe ik Andres niet. Hoe zou ik ook? Ik heb hem hooguit twee keer ontmoet. Toch voldoende om nu al een hekel aan hem te hebben.

'Een etter is het!'

'Even luisteren naar wat hij te zeggen heeft, kan nooit kwaad. Langs de pc kan hij niet veel kwaads doen, toch? En als hij echt vervelend wordt, verwijder je hem.'

'Oké, ik zal even luisteren. Tot nog eens of tot vrijdag.'

'Je houdt me op de hoogte, hè.'

'Zeker weten.'

Vijf

Andres biedt meteen aan om zijn cam te accepteren. Maar daar doe ik niet aan mee. Vera heeft me eens verteld dat ze de cam van een wildvreemde aanvaardde. Ze schrok zich een aap. Het bleek verdorie een poedelnaakte vent van een jaar of dertig te zijn. En daarbij, wanneer ik zijn cam aanvaard, vraagt hij ongetwijfeld om de mijne te openen. Ik zie er niet uit.

'Accepteer je niet?'

'Nu niet.'

'Waarom niet?'

'Daarom. Ik heb geen zin om te chatten met iemand die me tante non noemt.'

'Hahaha, grapje, joh.'

'Ik kan wel leukere grappen bedenken. Mij van de bus jassen was ook een grapje zeker.'

'Sorry, ik was kwaad. Je had me zomaar verklikt.'

'En wat deed jij met Steven dan?'

'Zand erover. Akkoord?'

Ik zwijg. In vergeten ben ik niet zo snel. Hij heeft me verdorie belachelijk gemaakt voor de hele straat.

'Waarom zit je voortdurend in mijn Messenger?'

'Ik wil het goedmaken. Ik ben nogal impulsief. Hoe wist je trouwens direct dat ik het was die probeerde binnen te komen?'

'Ik kan je toch herkennen aan je mailadres.'

'Dat betekent niks. Een mailadres is zo gekraakt.'
'Is dat zo?'
'Het juiste programma en wat geduld zijn alles wat je nodig hebt.'
'Dat interesseert me niet.'
'Mij wel. Het is een fluitje van een cent om ook in jouw pc binnen
te raken.'
'Nee!'
'Jawel!'
'Ik heb een wachtwoord.'
'Maakt helemaal niet uit. Ik omzeil het.'
'Je bluft.'
'Zal ik het bewijzen? Blijf nog tien minuten 'on' en ik heb het voor
elkaar. Staan er foto's van jezelf op de pc?'
Waarom moet Andres dat weten? Ik heb inderdaad daars-
traks als eerste werkje een paar foto's van mezelf ingescand.
'Je stuurt me toch geen virus?'
'Welnee. Ik zet gewoon een screensaver op je pc. Als je opstart,
word je verwelkomd door een knappe foto en een leuk muziekje.'
'Echt?'
'Je zult het zien.'
Het knarsen van het slot in de voordeur vertelt me dat papa
er aankomt.
'Sorry, Andres, papa is er. Ik moet afsluiten.'
'Schakel je pc nog niet uit.'
'Oké.'

'Ben je nog op?' roept papa onderaan de trap.
'Het is pas half elf.'
Ik haast me naar beneden.
'En? Lukt het een beetje met de laptop?'
'Ja, hoor. Echt keitof. Ik heb met Kaat gechat. Ze heeft een
navelpiercing.'

'Ha,' zegt papa zonder veel aandacht.

Mama zou onmiddellijk gezegd hebben dat ik er niet aan hoefde te denken om ook zo'n ding in mijn lijf te laten prikken. Is dit misschien het moment om over mijn eigen piercing te beginnen? Toch beter nog wat uitstellen. Ik heb pas een nieuwe pc gekregen. Ik kan niet alles tegelijk willen. Ik wil ook nog een fiets!

'Je bent zo vroeg terug, papa.'

'Gisèle moet morgenvroeg om zes uur uit de veren om op tijd in Oostende te zijn voor een congres.'

'Mag je niet mee?' plaag ik.

'Ik zou wel willen, maar, eerlijk gezegd, bejaardenzorg is niet mijn ding.'

'Bejaardenzorg?'

'Gisèle is directeur van een rusthuis.'

'Oh!? Dat had ik niet gedacht.'

'Wat had je dan verwacht?'

'Iets in de verkoop, een kledingzaak misschien', aarzel ik.

'Het uiterlijk verraadt niet alles. Vind je het erg?'

'Waarom zou ik? Gisèle is mijn liefje niet.'

Het klinkt harder dan ik het bedoel.

'Een beetje respect, Laura.'

Respect, denk ik smalend. Heeft hij dan zoveel respect voor mama?

'Sorry, papa, zo bedoelde ik het niet. Ik ben moe.'

'Kruip dan maar onder de wol.'

'Doe ik, maar eerst ga ik het schoolreglement lezen. Die *Frau Sylvia*...'

'Doe dat, meid. En voor straks, slaap lekker.'

'Welterusten.'

De naam van Andres flikkert nog altijd in het waarschuwings-balkje. Zou hij echt...? Ik haast me om de pc af te sluiten en loop naar de badkamer om mijn tanden te poetsen en mijn pyjama aan te trekken. Dat reglement lees ik morgen wel.

In bed speelt de film van de afgelopen dag door mijn hoofd. Ik begrijp Andres niet. Vanmiddag was hij een echte bulle-bak. Op de pc lijkt hij ineens iemand anders. Misschien is hij écht een kameleon, zoals hij gezegd heeft. Of misschien wil hij gewoon slijmen en me daarna des te harder aanpakken. Ineens zit ik rechtop in bed. Mijn hand zoekt de lichtschake-laar. Op blote voeten, een beetje rillerig, kruip ik weer achter de computer. Twee tellen later start de aanmeldprocedure. Alles lijkt normaal. Zie je wel dat Andres een bluffer is. Hij is helemaal geen hacker. Daarover moet ik me geen zorgen maken. Gerustgesteld schakel ik het ding weer uit en kruip voor de tweede keer in bed.

•

De moeder van Andres is een Spaanse, beweert Klaas Donc-kers. Daarom heet hij ook Andres en niet gewoon André of Dries of iets dergelijks. Zijn liefje, de *Lonsdale girl*, heet Roxanne, maar iedereen noemt haar Rox the Fox. Dat is pas belachelijk! Wie heeft er ooit een zwarte vos gezien? Ze zit-ten allebei op de technische afdeling, richting automecha-nica. Nog een geluk, daardoor zie ik hen alleen tussen de middag of op de bus.

Andres heeft meer dan twee gezichten. Na de driftbui waar-in hij me van de bus jaste en de al bij al vriendelijke chat, is het nu de grote stilte. Hij doet alsof ik lucht ben. Ook zijn slippendragers, Klaas op kop, gunnen me geen blik op de bus of op weg naar school. Ik zal hun pret eens lekker beder-ven. Morgen neem ik een bus eerder.

Kaat vindt me laf.

'Je slaat op de vlucht', zegt ze. 'Zo ken ik je niet.'

Ze heeft gelijk, niemand kent mij echt. De grote bek die ik soms opzet, is maar schijn. Het is een harnas, waarin ik veilig wegkruip zodat niemand mijn twijfels kan zien. Toch laat ik me niet van de wijs brengen en blijf bij mijn besluit om een andere bus te nemen.

Tegen papa dis ik een verhaal op over een overvolle bus, een vervelend oudje en de té krappe tijd om zonder me te haasten op tijd op school te komen. Zijn ogen verraden dat hij me niet gelooft, maar hij zegt niets.

Het miezert. Het immense marktplein, met middenin het standbeeld van ik-weet-niet-wie, ligt er die ochtend nog verlaten bij. Ik zet de kraag van mijn jasje op en loop naar een sportwinkel waar de eigenaar vergeten is zijn luifel omhoog te doen. Ik heb trek in een sigaret. Meestal rook ik enkel in gezelschap, voor de gezelligheid, om erbij te horen.

Mijn gedachten gaan op wandel met de rook van mijn saffie. Vanavond naar Shana en mama! Ik verlang ernaar om hen weer te zien en tegelijk voel ik een steen op mijn maag drukken. Zo gaat het de laatste tijd altijd met mij, mijn gedachten en verlangens gaan op en neer als een jojo.

Hoe maken ze het? Hoe ga ik mij gedragen? Zal ik blij zijn dat ik *thuiskom* of ga ik al meteen verlangen om weer te kunnen vertrekken?

Mama deed erg koel aan de telefoon. *We kunnen je niet van het station komen afhalen. Je kent de weg toch nog?* Dat laatste zinnetje en dan vooral de toon waarop ze het zei, deed me dichtklappen.

De sigaret smaakt niet. Ik knijp hem tussen duim en middelvinger en schiet hem in de goot, waar hij sissend uitdooft.

Het is tien over acht wanneer ik het schoolplein oploop.

'Hee, Laura, hoe gaat het?'

Steven Wijsmantel staat half verscholen achter een betonnen pilaar van de galerij.

'Je bent vroeg vandaag', constateert hij geheel overbodig.

'Ja.'

'Ben je het hier al wat gewend?'

'Gaat wel.'

'Ik ...heu...ik heb nog geen kans gehad je te bedanken?'

'Bedanken? Waarvoor dan?' plaag ik.

'Dat weet je best, joh. Je hebt me een boel last bespaard.'

'Pff...'

'Politie en zo.'

'Ik heb dat niet speciaal voor jou gedaan, hoor', zeg ik koeltjes.

Het gezicht van Steven betrekt. Het is alsof er een donkere wolk over schuift. Nou zeg, hij moet zich geen domme dingen in zijn hoofd halen. Eigenlijk betekent die Steven nog minder voor mij dan de pilaar waar hij tegenaan leunt. Ik vind hem sullig, maar dat doet er niet toe.

'Het was een impuls. Ik kan niet tegen onrechtvaardigheid', leg ik uit.

De wolk schuift weg, het gezicht van Steven klaart weer op.

'Je moet het toch maar doen. Er zijn er niet veel die Andres durven tegenwerken. Hij is geen gewone.'

'Dat heb ik al gemerkt.'

'Doet hij lastig?'

Nu kijkt Steven weer met dwaze hondenogen.

'Soms.'

'Ik zou maar voorzichtig zijn, als ik jou was. Andres is tot alles in staat.'

'Ik laat niet met me sollen.'

Achter onze ruggen slaat *Frau Sylvia* de deur van haar kantoor met een klap dicht. In haar armen draagt ze een rol posters. 'Steken jullie een handje toe?' vraagt ze met haar vriendelijkste stem.

Waarom ook niet? We hebben tijd.

Op de gifgroene affiches zitten een aantal jongeren, uitgedost in alle kleuren van de regenboog en van alle maten en gewichten nonchalant in een grote kring. Onder de foto prijkt een slogan: *Welkom in Het Ruziekot!*

We hangen de posters op aan het infobord, tegen enkele pilaren en op de deuren van het secretariaat, de eetzaal en de gymzaal. Ondertussen gaan twee meisjes van het vijfde jaar bij de schoolpoort staan. Ze dragen een T-shirt in dezelfde kleur als de posters, met de reclame voor *Het Ruziekot* op de achterkant. Alle leerlingen die binnensijpelen en ook Steven en ik krijgen een flyer in de handen gestopt. Het is een uitnodiging voor een infosessie over *leerlingenbemiddeling* tijdens de middagpauze.

'Wat is daarvan de bedoeling, Steven? Ken jij dat?' vraag ik.

'Die van het vijfde jaar proberen problemen op te lossen tussen leerlingen van de laagste klassen. In het begin van het schooljaar hebben ze ook al eens reclame gemaakt.'

'Welke problemen dan?'

'Ruzie, cyberpesten, afpersing,...'

'Lukt dat?'

'Weet ik veel. Ik ben er nog niet naartoe geweest. Misschien is het iets voor jou?'

'Ben je gek, man?'

'Als Andres moeilijk blijft doen...'

'Dat los ik zelf wel op', bits ik. Die vergadering interesseert me wel, maar het bezorgde, vleierige gedoe van Steven begint me te vervelen. Hij merkt het niet eens.

44

'Misschien ga ik vanmiddag toch maar eens kijken', zegt hij.
'Als je zin hebt om mee te gaan...'
'Ik zie nog wel.'
Ik keer me om en loop weg.

De belangstelling voor de met veel poeha aangekondigde infovergadering over leerlingenbemiddeling is maar matig. Een tiental leerlingen, waaronder Steven en ikzelf, dagen op. Al bij al is het een welkome afwisseling voor die vervelende middagpauze. Het gezelschap van Steven moet ik dan maar voor lief nemen.

We zitten houterig en onwennig op de turnmatten die in een kring op de vloer van de gymzaal zijn neergelegd.

Na een kort welkom stellen de bemiddelaars zichzelf voor in een soort rollenspel. Een kerel met een baseballpet achterstevoren op zijn knikker speelt voor regisseur. Hij houdt zogezegd auditie voor een nieuw toneelstuk. Met vinnige, spiedende oogjes taxeert hij de kandidaten die zich aanmelden om een rol te versieren. Het is een levendige, soms ook humoristische bedoening. Misverstanden en persoonsverwisselingen zijn niet van de lucht. Het werkt aanstekelijk op de hele groep. Toch schiet de voorstelling zijn doel voorbij. Na afloop slaag ik er nog altijd niet in om de juiste namen op de juiste gezichten te plakken.

Na een frisdrankje, op kosten van *Het Ruziekot*, neemt de regisseur opnieuw het woord.

'Voor wie het nog niet weet of het alweer vergeten is, ik ben Sven', grijnst hij. 'Zeg maar Venne, dat doet hier iedereen. Ik zit in het vijfde jaar Latijn-wiskunde en doe aan judo en aan amateurtoneel bij *De Kollebloem*. Tot regisseur heb ik het spijtig genoeg nog niet gebracht. Maar goed, jullie zijn hier niet naartoe gekomen om dat te horen. Ik zal proberen met een verhaaltje duidelijk te maken wat onze bedoeling is.' Op een rustige toon, helemaal in tegenstelling tot zijn nerveuze gedrag en bijna spastische armbewegingen van daarnet, vertelt Venne het verhaal van twee ezels:

Twee ezels staan in het midden van een wei, vastgebonden aan elkaar. In elke hoek van de wei ligt een hoop hooi.

Ezel A wil naar de ene hoek, ezel B probeert bij het voedsel in de andere hoek te komen. Hoe harder A rukt om bij zijn eten te komen, hoe harder B terugtrekt naar de andere kant. Ze sleuren zo hard aan het touw, dat het in hun vel snijdt als een mes. Ze doen elkaar pijn.

Na een tijdje zijn ze helemaal uitgeput en gaan moedeloos op hun achterste poten zitten, allebei met een reuzenhonger.

Venne laat zijn blik uitnodigend over de toehoorders zwaaien.

'Hoe zou dit probleem kunnen worden opgelost?' vraagt hij.

Steven steekt ogenblikkelijk zijn arm op.

'Ik zou...'

'Ogenblikje. Stel je eerst even voor. Dan weten we allemaal wie je bent', onderbreekt Venne hem.

Steven krijgt een kleur.

'Mijn naam is Steven Wijsmantel. Ik zit in 2c.'

'Mooi. Ga je gang, Steven.'

'Ze kunnen toch samen eerst die ene hoop hooi gaan opeten en daarna samen naar de tweede gaan.'

'Prachtig, Steven. De perfecte oplossing!'

Steven lijkt een paar centimeter te groeien. Zo saai als hij op eerste gezicht lijkt, is hij nu ook weer niet, bedenk ik. Ik geef het niet graag toe, maar ik ben wat boos op mezelf. Zo'n simpele oplossing had ik toch ook kunnen bedenken.

'Jullie zien dat een conflict waarvoor op het eerste gezicht blijkbaar geen oplossing is, niet altijd moet eindigen met een winnaar en een verliezer', gaat Venne verder. 'Conflicten zijn er altijd en overal. Het komt erop aan ze goed aan te pakken. Wat zou er gebeurd zijn als de ezels in tegengestelde richting waren blijven trekken?'

Deze keer ben ik er als de kippen bij.

'Laura Meskens', roep ik. 'Ze zouden allebei gestikt zijn.'

'Precies! Zo gaat het ook wanneer jullie zelf problemen hebben met elkaar. Eens rustig samen zitten, praten en wat goede wil zijn het begin van elke oplossing. En daarbij willen wij jullie helpen.'

'Wij zijn geen ezels', roept een meisje met twee vlechten langs haar wangen vol sproeten.

Algemeen gelach!

'Juist daarom! Als zelfs ezels het kunnen, moeten wij het nog beter doen.'

Ik begin me hoe langer hoe meer op mijn gemak te voelen. Die *bemiddeling* zegt me wel wat.

'Hoe gaat dat dan in zijn werk? Hoe verloopt zo'n gesprek? Wie moet er beginnen?' wil ik weten.

'Dat zal Tine even uit de doeken doen', wijst Venne in de richting van een meisje met steil blond haar dat in piekjes op haar schouders hangt. Ze heeft donkere ogen, die nogal ver uiteen staan. Daardoor krijgt ze een Aziatisch trekje. Ze wipt overeind. Haar korte benen vallen me meteen op.

'Ik ben Tine Dedijcker, vijfdejaars moderne talen.'

'Tine Dedijcker?' herhaal ik luidop.

'Inderdaad, Laura. Ken je mij soms?'

'Heb je een grootmoeder?'

'Die hebben we toch allemaal', lacht Tine.

'Mijn oma is dood.'

'Oh, sorry.'

'Geeft niet. Dat kon jij niet weten. Ik denk dat ik jouw oma ken.'

'Echt? Dat is fijn. We zullen het er straks over hebben. Mag ik eerst mijn verhaal doen?'

'Neem me niet kwalijk.'

Tine schetst bondig het verloop van een bemiddelingsgesprek. Ik luister maar half. Mijn gedachten dwalen af. Ik sta weer op de bus te wachten. Will Champion, de drummer van Coldplay, kijkt me vanuit de lucht met guitige oogjes aan. *Mijn kleindochter gaat ook, die kerels kunnen zingen.* Daarna prikkelt de rook van een sigaret in mijn neus. Andres grijnst naar de buschauffeur.

Na de vergadering loop ik naast Tine naar buiten.

'Ben je al naar Coldplay geweest?' vraag ik.

'Weet je dat ook al?' lacht Tine verbaasd.

'Jouw oma...'

'Die flapuit!'

'Ze is een lief mens', zeg ik, terwijl ik eraan denk dat ik haar eigenlijk een oude bes vond. Ik heb haar zelfs misbruikt om papa te overtuigen mij met een vroegere bus naar school te laten gaan.

'Heel lief! En best modern ook nog. Ze gaat mee naar het concert vanavond.'

'Wat leuk! Doe haar de groeten.'

'Zal ik zeker doen.'

Tine scharrelt in haar tasje.

'Hier, mijn gsm-nummer. Als je me ooit nodig hebt, bel je maar.'

Het kaartje dat Tine me toestopt, brandt gaatjes in mijn hand. Ik steek het vlug weg.

•

Vrijdag, kwart over vier. Het schoolplein lijkt een mieren-nest. Alles en iedereen wriemelt door elkaar. Een onafge-broken sliert leerlingen stroomt door de poort naar buiten. Weekend, een zee van vrije tijd voor de deur. Straks gaan ze samen stappen, naar de film, de jongens uitdagen.

Ik kijk door het raam van de klas en blijf treuzelen. Ik voel me als een slak die het liefst wil wegkruipen in haar huisje. Drie keer heb ik mijn rugzakje al in- en uitgeladen. Uiteinde-lijk moffel ik alle boeken diep weg in mijn bank en loop met een lege zak de gang op.

'Ha, Laura, ben je er nog?'

Ik schrik van de stem van de directeur.

'Ja, sorry, ik moest nog vlug een paar dingen noteren, me-neer', lieg ik.

'Wat een ijver!' klinkt het plagend.

'Als ik dat niet meteen doe, vergeet ik het', zeg ik zonder enige aarzeling. Tegelijk hoop ik dat de directeur niet verder aandringt. Als hij vraagt wat er dan zo dringend is, sta ik mooi voor lul.

'Eigenlijk komt het goed uit, Laura. Ik wilde je wat vragen. Heb je nog even tijd?'

Ik probeer cool te blijven terwijl mijn hoofd tolt. Hij gaat toch niet weer beginnen over die problemen op de bus, hoop ik. Want dan kan hij het vergeten. Ik zeg niks meer. Dat hele gedoe heeft me al last genoeg bezorgd.

Gedwee loop ik in de voetstappen van de directeur naar zijn kantoor. Hij wijst me een stoel aan.

'Ga zitten', klinkt het vriendelijk.

De directeur schenkt een kop koffie in.

'Wil je ook iets drinken? Fris, misschien?'

'Dank u, ik heb geen dorst.'

De directeur nipt met zuinige lippen aan de hete koffie terwijl hij me begluurt over de rand van zijn kopje. Daarna gaat hij zitten, leunt gemakkelijk achterover en slaat zijn benen over elkaar. Zijn ogen laten mij geen seconde los. Ik voel me steeds ongemakkelijker worden.

'Vertel eens, Laura, hoe gaat het? Voel je je al een beetje thuis hier?'

'Dat gaat.'

'Echt?'

'Ik mis mijn vriendin', zeg ik zonder erbij na te denken. Kaat valt zomaar in mijn hoofd.

'Dus toch problemen?'

'Niet echt, mijnheer. Alles is nieuw, anders.'

'Dat is waar. Waarschijnlijk is dát de reden waarom je nogal verstrooid bent in de klas.'

'Wie zegt dat?' bits ik.

De directeur slurpt aan zijn koffie en likt behoedzaam zijn lippen af.

'Elke vrijdagmiddag bespreken wij samen met de leerkrachten de voorbije week. Op die vergadering heb ik vernomen dat je er niet altijd met je gedachten bij bent, Laura. Vriendelijk en bereidwillig, maar nogal verstrooid, zeiden ze letterlijk. Is de leerstof soms te moeilijk?'

'Nee.'

'Het zou kunnen, hoor. Alle scholen moeten hetzelfde basisprogramma volgen, maar de aanpak, de uitwerking laat ons zeggen, wil wel eens verschillen van school tot school.'

'Dat is het niet.'

'Wat dan wel? Zeg gerust wat je op je hart hebt. Wij zijn er om jou te helpen. Zijn het de andere leerlingen? Word je gepest?'

Daar heb je het, denk ik. Nu komt de aap uit de mouw. Nee, mijnheer de directeur, u vergist zich, ik ben geen klikspaan.

Oké, Andres heb ik verraden, maar dat was anders. Zo flagrant iemand onterecht beschuldigen, dat ging me te ver. Dat wil nog niet zeggen dat ik nu te pas en te onpas mensen ga verlinken. Trouwens, die pesterijen heb ik voor een groot deel aan mezelf te danken. Ik reageer niet normaal. Ik stop mezelf weg. Soms heb ik geen passend antwoord klaar, dan weer kom ik veel te brutaal uit de hoek. De ene dag loop ik erbij als een trut (als een non, zegt Andres) en de andere tut ik me op als een stoeipoes.

'Ik heb geen problemen op school', zeg ik zo neutraal mogelijk.

'Zoveel te beter. Ik reken erop dat je wat actiever gaat meewerken in de lessen. Dat is dan afgesproken. Hoe gaat het thuis?'

'Ik ga straks op bezoek bij mijn moeder.'

'Een leuk vooruitzicht, neem ik aan. En je vader?'

'Die gaat naar Parijs.'

'Hola, Parijs! Kon je niet mee?'

'Hij gaat met zijn vriendin.'

De directeur hapert even. Is het omdat hij niet weet of hij dat leuk of sneu moet vinden dat hij meteen van onderwerp verandert?

'Je rekening van de broodjes van deze week ligt hier nog, Laura. Elke vrijdag...'

'Oh, sorry, glad vergeten', bloos ik. Ik tast haastig naar mijn portemonnee. 'Hoeveel is het?'

De directeur zet de leesbril, die aan een koordje rond zijn hals bengelt, op zijn neus.

'Twaalf broodjes, dat is samen...'

'Twaalf? Ik heb maar twee broodjes besteld!'

'Nu je het zegt. Twaalf stuks in vier dagen lijkt me ook nogal veel. Waarschijnlijk een vergissing. Ga maandag eens langs

op het secretariaat. Mevrouw Vleminckx vist het wel voor
je uit.'

Twaalf broodjes!? Die *Frau Sylvia* mag ook leren tellen, denk
ik schamper.

De directeur staat op en klopt een paar ingebeelde pluisjes
van zijn broek. Hij schudt me plechtig de hand. Zijn andere
hand rust vaderlijk op mijn schouder.

'Maak je maar geen zorgen, dat van die broodjes brengen
we wel in orde', belooft hij nog eens. Als er voor de rest nog
problemen zijn, je weet me te vinden. Je kunt ook altijd een
afspraak maken in *Het Ruziekot*. Dat ken je toch?'

'Ik ben vanmiddag naar die vergadering geweest.'

'Viel het een beetje mee?'

'Het was interessant. Tine heeft me haar gsm-nummer gegeven.'

'Mooi zo. Dan denk ik dat we hier kunnen afronden. Prettig
weekend.'

'Dank u wel, mijnheer. Tot maandag.'

Zes

Het kattenbelletje ligt naast een biljet van vijftig euro op de keukentafel:

Dag Laura,

Sorry, we kunnen echt niet langer wachten, anders missen we de trein.

Bel me.

Doe de groeten aan Shana en je mama.

Volgende keer komt Shana bij ons logeren.

Neem het geld voor je treinticket, met de rest koop je maar iets leuks voor jezelf.

Groetjes!

Papa en Gisèle

Ik prop het geld en het briefje in mijn tas en loop de trap op. Het huis lijkt ineens veel te groot. Ik voel me leeg.

Nijdig gooi ik mijn rugzak in een hoekje en laat me op bed ploffen. Oké, ik ben te laat, maar meestal is hij het die te laat is. Kon hij dan echt niet wachten tot ik er was? Ik heb voor hem gekozen, maar hij kiest voor Gisèle. Hij is er verdomme nooit als ik hem nodig heb. Ik ben een waardeloze lastpost, dat is alles. Papa moet niet denken dat ik hem ga bellen. Ik val nog liever dood.

Met mijn verstand op nul scharrel ik mijn spullen bijeen: een stuk of wat T-shirts, een trui, ondergoed, tandenborstel. Kijk eens aan, papa heeft niet eens de tijd genomen om zijn scheerspullen op te ruimen. Op het vlijmscherpe mesje plakken nog zeep en donkere baardstoppels. Ik spoel het mesje af onder de kraan. Het water gorgelt in de afloop. Plotseling kerft het mesje in mijn ziel. Een verwarrende gedachte flitst door mijn hoofd. Ik beef. Als een streling laat ik het flinterdunne mesje over mijn arm glijden. Snijden? De pijn wegsnijden uit mijn hart? Ik sta te trillen op mijn benen en kijk in de spiegel. Ben ik dat? Die starende ogen, die verwrongen mond? Doe niet zo gek Laura, verman ik mezelf. Kwaad gooi ik het mesje weg. Ik schep water met twee handen en klets het in mijn gloeiende gezicht. Dat lucht op.

Tijd om op mijn beurt naar het station te gaan. Toch treuzel ik. Nog even naar het toilet. Mijn pc aanzetten om de mails te checken en hem weer uitschakelen zonder een woord te lezen. Een broodje kaas smeren, voor de helft opeten en de rest in de vuilnisbak kieperen. Een sms-je sturen naar Kaat:

```
Kom eraan.
Haal je me op?
```

Het antwoord is er sneller dan de wind:

```
Ben al onderweg.
```

Nu kan ik niet meer terug. Ik moet me reppen.

Mijn neus plakt tegen de ruit van de trein. Huizen, elektriciteitspalen, bomen, dwaze koeien in een wei en af en toe een sliert auto's voor een neergelaten slagboom slaan voor mij op de vlucht. Eén tel zijn ze er, echt en werkelijk, een fractie later zijn ze al verleden tijd.

Het is bijna veertien dagen geleden dat ik mama heb gezien. Ik voel geen schaamte omdat ik haar niet heb gemist. *Je hebt me in de steek gelaten, Laura.* Is het dan mijn schuld dat het tussen papa en mama niet meer boterde? Ik ben er toch niet vandoor gegaan? Of toch? Je had ook voor mama kunnen kiezen, fluistert een stemmetje in mijn hoofd. En dan, verdomme! Waarom is alles zo moeilijk?

Ik hoop dat Kaat tijd en zin heeft om mee te gaan naar mama. Met vreemden erbij is mama altijd liever.

De conducteur rukt me los uit mijn hoofd.

'Ga je op weekend?' vraagt hij vriendelijk, terwijl ik mijn treinkaartje zoek.

'Naar mijn moeder.'

'Leuk.'

'Ja, leuk', echo ik. Tegelijk vraag ik me af waarom iedereen dat eigenlijk leuk vindt.

'Prettig weekend verder.'

Tien minuten later dendert de trein het station binnen. Kaat is er niet. Waar zit ze? Laat zij mij ook in de steek? Besluiteloos laat ik me op een houten bank ploffen. Een kerel met lang haar in een staartje zit me brutaal aan te gapen.

'Heb je soms een vuurtje voor mij', grijnst hij.

Met slungelachtige passen komt hij mijn richting uit. Zijn veel te wijde skaterbroek, met het kruis bijna tussen zijn knieën, ritselt als een briesje tussen de bomen.

Ik geef hem vuur. Wellustig zuigt hij de rook in zijn longen.

'Daagt je vriendje niet op?' plaagt hij.

'Dat gaat je niks aan.'

'Oh, sorry, kruidje-roer-me-niet. Ik dacht alleen maar, misschien kan ik die knappe griet een lift aanbieden. Waar moet je naartoe?'

Ik antwoord niet. Zijn ogen prikken op mijn borsten.

'Mooi shirtje heb je aan', zegt hij.

Haastig haal ik mijn trui uit mijn rugzak, trek hem aan en hoop dat Kaat vlug opdaagt.

'Koud?' vraagt de kerel.

'Laat me met rust, wil je?'

'Weet je, ik zou best die trui willen zijn. Maar dan moet je wel wat vriendelijker zijn.'

'Waarom zou ik? Je bent een vreemde.'

'Alle vrienden zijn ooit vreemden voor elkaar geweest. Ik ben Johan. Tot ziens!'

'Ja, dag.'

Gelukkig, daar heb je Kaat. Ze stormt de wachtzaal in.

'Goddank, je bent er nog', hijgt ze. 'Paps kreeg de auto niet aan de praat. Kapotte accu, denkt hij. We hebben moeten duwen. Dat zul je altijd zien...'

Als Kaat Johan opmerkt, slikt ze de rest van haar woorden in. Ze grijnst en tovert twee rijen hagelwitte tanden bloot.

'Je hebt al gezelschap, zie ik. Ik stoor toch niet?' lacht ze.

'Gekkie. Ik ken die gast niet.'

'Johan is best oké.'

'Kennen jullie elkaar dan?' vraag ik verwonderd.

Johan geeft Kaat een speelse tik tegen de arm.

'Hoe lang, Kaat? Honderd jaar?' grapt hij, terwijl hij naar de uitgang sloft.

'Johan is een ex van mij', bloost Kaat.

'Daar heb ik nooit wat van geweten.'

Kaat trekt een speelse rimpel in haar voorhoofd, waardoor haar hele gezicht iets komisch krijgt.

'Het heeft maar drie dagen geduurd', lacht ze.

'Dan ga ik maar', roept Johan vanuit de deuropening. 'Veel plezier.'

Twee tellen later knettert hij op zijn brommer de straat uit.

'Sorry dat ik je heb laten wachten, Laura. Je ziet er moe uit', zegt Kaat verontschuldigend.

'Pff...'

'De school? Doet die Andres nog lastig?'

'Bwa...'

'Niet te veel van aantrekken, joh. Die pestkoppen doen alleen maar stoer om op te vallen. Eigenlijk zijn ze gewoon zielig. Ze weten niet beter.'

'Jij hebt makkelijk praten. Jij hebt er geen last van. En daarbij, het is niet alleen de school. Mijn ouders...'

'Dat komt allemaal wel goed.'

'Zeg jij...'

'Kom, paps wacht.We brengen je naar huis. De auto draait nog. Paps durfde hem niet af te zetten, want we hadden geen zin om dat ding nog een keer te moeten aanduwen.'

Al snel laten we de drukte van de binnenstad achter ons. In de omgeving van de oude luchthaven snort ons plotseling een brommer met ongehoorde snelheid voorbij. De knalpot knettert en braakt donkerblauwe rook uit. De bestuurder zwaait één arm als een vlaggenstok in de lucht.

'Maniak', bromt de vader van Kaat.

Kaat knijpt in mijn arm.

'Johan', lacht ze. 'Nog altijd even gek.'

Ik krijg geen tijd om te antwoorden. Mijn gsm eist mij op. Het is papa.

'Hé, hoe is het daar? Waarom heb je niet gebeld?'

'Mijn tegoed is bijna op', lieg ik overtuigend.

'Alwéér? Die telefoontjes van jou ruïneren me nog', lacht papa. 'Ben je al bij mama?'

'Ik zit in de auto bij Kaat. Haar pa heeft me afgehaald van het station.'

'Leuk, hoef je de bus niet te nemen. Wij zijn net gearriveerd in het Gare du Nord. Je hebt de groeten van Gisèle.'

'Oké.'

'Ik bel je nog.'

'Ja, dag.'

Ik schakel mijn gsm uit, klap hem dicht en steek hem in mijn rugzak. Kaat kijkt me vanuit haar donkere hoekje in de auto aan.

'Je bent wel erg kort van stof', merkt ze droogjes op.

'Wat is het nu geworden?' vraag ik, zonder acht te slaan op haar opmerking.

De koplampen van tegenliggers toveren vraagtekens in Kaats ogen.

'Wat?' vraagt ze.

'Een bolletje of een staafje?'

'Ha, dat!' lacht Kaat. Ze schuift met twee handen haar T-shirt omhoog tot onder haar beha. In haar navel glinstert een wit steentje.

'Leuk, zeg. Zo wil ik er ook eentje. Deed het erg pijn?'

'Dat viel best mee. Even op je tanden bijten. Als je wilt, neem ik je wel eens mee naar de shop. Het is een goed adres, hygienisch en helemaal niet duur.'

'Hoeveel?'

'Vanaf vijftig euro, alles inbegrepen. Het hangt er natuurlijk vanaf welk juweel je kiest.'

'Dat valt nog mee. Toch wil ik eerst een fiets. Daarna misschien.'

'Zo, we zijn er', bromt Kaats vader. Met een ruk aan het stuur parkeert hij de auto half op de stoep.

'Als je weer terug moet, geef je maar een seintje', zegt hij.

'Dank u wel. Zie ik je morgen, Kaat?'

'Zeker. Ik bel je nog.'

'Afgesproken.'

Ik loop aarzelend naar het huis, *ons huis*. Het geeft me een raar gevoel, thuiskomen in een huis waar je niet echt meer thuishoort. Aan de stenen kleven herinneringen die niet meer ademen. De rolluiken zijn omlaag.

Ik loop om het huis heen naar de keukendeur. Ook daar brandt geen licht. De stilte is oorverdovend. Aanbellen dan maar? Stel je voor dat er niemand thuis is! De steen, die al een hele tijd op mijn maag drukt, wordt nog zwaarder. Ik voel me buitengesloten, een vreemde.

Paniekerig druk ik op de bel: Maria Vervloet. De naam van papa is met een rode stift doorgeschrapt. Het geluid van de bel echoot door de gang. Geen beweging. Een enge gedachte komt op in mijn hoofd: Zou iemand me missen als ik er gewoon niet meer was?

Het licht dat plotseling aanfloept en door de glazen zijpanelen van de deur het buitenhalletje mee verlicht, verjaagt ook de schaduwen uit mijn hoofd.

'Wie is daar?'

Opgelucht herken ik de stem van mama.

'Ik ben het, Laura', roep ik haastig.

De deur zwaait open. Hemeltje, wat ziet mama eruit!

'Ik had je niet meer verwacht', zegt ze mat. Ze zet een stap opzij om me door te laten. Ik druk een vluchtige zoen op haar wang. Ze keert zich van mij af en sluit de deur.

'Waar is Shana?' vraag ik.

'Shana logeert bij een vriendinnetje.'

'Ze wist toch dat ik kwam.'

'Shana doet veel te druk. Ik kan er niet tegen.'

'Ben je ziek?' vraag ik overbodig.

'Moe, verschrikkelijk moe. Het is me allemaal teveel. Ik had nooit verwacht dat jij me ook in de steek zou laten, Laura.'

De woorden van mama ploffen als een mes in mijn hart. Ze maken me verdrietig, maar ook opstandig.

'Ik heb niemand in de steek gelaten', zeg ik fel. 'Jij en papa hebben halve wezen van ons gemaakt.'

Mama lijkt me niet te horen. Ze gaat me voor naar de keuken.

'Heb je al gegeten?' vraagt ze kortaf.

'Ik heb geen honger.'

'Er staat een bord pasta in de koelkast. Warm het maar op.'

'Ik heb geen honger. Ik wil naar bed.'

'Je kamer is er nog.'

Neem me dan toch vast, denk ik hulpeloos. Als je het niet kunt zeggen, laat mij dan voelen dat je blij bent dat ik er ben. Verwacht ze dat ik haar...

Ik sla een arm om mama's schouder en druk me tegen haar aan. Ze rilt.

'Het spijt me', fluister ik in haar oor.

Zeg iets, doe iets, hamert het in mijn hoofd. Beseft ze dan niet hoeveel moeite het me kost om te zeggen dat het me spijt? Ik héb helemaal geen spijt. Waarom zou ik? Het is allemaal hun schuld.

'Ik ga ook naar bed. Morgen gaat het wel beter', zegt mama zonder enige overtuiging.

Ze laat me alleen. Ik neem een cola uit de koelkast. De spaghetti blijft onaangeroerd. Ik denk niet dat ik me ooit zo verlaten heb gevoeld. Als ik niet was geboren, had niemand last van mij gehad. Ik ben een nul.

Op mijn kamer kom ik eindelijk een beetje thuis. Het vertrouwde bed, de posters aan de muren, mijn klokradio, alles is er nog, zelfs mijn knuffel. Ik neem het beertje met zijn lieve, trieste snoet in mijn armen en druk hem tegen mijn borst. Zo is er toch iemand die me begrijpt.

Ik bel Tine. Geen verbinding. Ach ja, die zit met haar grootje bij Coldplay, denk ik bitter. *Bel me maar als je me nodig hebt.* Praatjes, allemaal praatjes. Meteen schaam ik me voor die gedachte. Wat verbeeld ik me?

Tine gaat echt niet zitten wachten op een telefoontje waarvan ze niet weet of het ooit komt.

Kaat neemt wel op.

'Je mama ziek? Wat heeft ze?'

'Weet ik niet. Ze ligt in bed. Kun je komen?'

'Ik zit al in pyjama.'

'Ik ben bang, Kaat.'

'Waarvoor dan?'

'Voor alles: mama, de geluiden in het huis, de duisternis, het licht, mezelf.'

'Probeer te slapen.'

'Ik kan niet slapen.'

'Morgen schijnt de zon weer.'

'Kun je echt niet komen?'

'Sorry, Laura, ik raak hier echt niet meer weg. Morgen om tien uur ben ik er. Afgesproken?'

'Laat maar zitten. Sorry dat ik belde.'

'Maar, zo moet je dat niet...'

Ik schakel mijn gsm weer uit en ga op bed liggen. Niet voor lang. Ik heb het gevoel dat ik stik. Ik moet hier weg, naar buiten, lucht happen.

Zeven

Bijna middernacht. De laatste trein terug is een uur geleden vertrokken.

Als mama ontdekt dat ik weg ben, raakt ze in paniek. Misschien haalt ze de politie erbij. Ik wil er niet verder over nadenken. Toen ik de deur achter mij dichttrok, leek het alsof ik met een grote schaar de draad van mijn verleden doorknipte. Ik voelde me als een spartelende drenkeling, nauwelijks in staat het hoofd boven water te houden. Ik was stuurloos. Ik zit in het licht van een straatlantaarn met mijn rug tegen een muurtje en heb het koud.

'Hé, Laura, daar ben je.'

Ik schrik me rot. Johan!? Ik wil het niet toegeven, maar eigenlijk ben ik blij dat hij er is.

'Wat doe jij hier?' vraag ik dom.

'Dat wilde ik net aan jou vragen. Waar ga je naartoe?'

'Naar huis.'

'Het is veel te vroeg voor de eerste trein.'

Johan komt naast mij zitten. Een politiewagen draait het stationsplein op. Zou mama nu al... Ik maak me zo klein mogelijk en druk me onbewust tegen Johan aan. Hij slaat zijn jasje over mijn beverige schouders. De politiewagen verdwijnt weer. Ik doe geen moeite om weer rechter te gaan zitten. De warmte, die als een wolkje opstijgt uit Johans trui, bedwelmt me.

'Hoe heb je me gevonden?' vraag ik.

'Kaat belde me. Ze maakte zich ongerust over jou. Daarom ben ik op haar vraag een kijkje gaan nemen bij jullie huis.'

'Was er nog iets te zien? Thuis, bedoel ik.'

'Alles donker. Ik dacht, vals alarm. Laura slaapt. Op weg naar huis kwam ik langs het station. Toen zag ik je lopen en ben ik je gevolgd.'

'Waarom?'

'Omdat ik wilde weten wat je op dit uur nog uitspookte op straat. En omdat ik je leuk vind.'

Mijn hart wipt tot in mijn keel. Toch iemand die me leuk vindt.

'Wat ben je nu van plan?' vraagt Johan bezorgd.

'Ik ga naar huis.'

'Je komt van huis.'

'Mijn andere thuis. Bij mijn vader.'

'Te voet?'

'Zal wel moeten. Er rijden geen treinen meer.'

'Krijg je wel blaren op je voeten.'

'Pfff… Er zijn ergere dingen.'

'Zal ik je een lift geven?'

'Moet jij niet naar huis? Ik woon niet bij de deur, weet je.'

'Ik ben een nachtraaf', grinnikt Johan. Zijn ogen lijken twee fonkelende sterretjes in het donker.

'Als je het niet erg vind…'

'Als ik het erg vond, had ik het niet voorgesteld.'

'Oké dan.'

Ik klauter wat onwennig achterop de brommer. Om niet te vallen sla ik mijn armen rond Johans middel. We rijden. Zijn warme rug voelt prettig aan. Ik wou dat deze rit nooit eindigde. Blijven rijden, wegzweven, weg van mezelf en van die enge gedachten. Niet denken, alleen warmte voelen en de zoete geur opsnuiven van iemand die ik vertrouw.

Het agressieve gerinkel van de deurbel rukt me weg uit dromenland. Nog daas van de slaap doe ik mijn ogen open en zoek mijn gedachten bij elkaar. Ik steek mijn voeten uit bed. De aanraking met de kille vloer jaagt een rilling door mijn lijf. Het is vijf voor acht.

Weer huppelt het geluid van de bel door het hele huis. Iemand bonkt tegen de voordeur. Wie is daar? Wat moeten ze? Alleen Johan weet dat ik hier ben. Is hij teruggekomen? Plotseling heb ik erge haast. Ik trek een sweater over mijn pyjama aan en ren de trap af. Opnieuw de bel!

'Ik kom al!' roep ik luid.

'Politie! Openmaken!'

Het lijkt alsof ik ter plekke bevries. Mijn benen wegen als lood. Mijn hoofd tolt als een carrousel. Ik trek de deur op een kier. Twee agenten staren me grijnzend aan. De pet van de grootste maakt slagzij.

'Laura Meskens?'

'Ja.'

'Je bent vermist.'

'Ik woon hier.'

'We kregen vanochtend op de centrale een telefoontje uit Parijs met de melding dat je sinds gisteravond spoorloos bent.'

'Heeft papa gebeld?' vraag ik ongelovig. 'Alles is oké', voeg ik er snel aan toe, terwijl ik bedenk dat mijn gsm nog altijd op uit staat.

'Ben je hier alleen?'

'Mag dat niet?'

'Nee… heu… ja… Je vader vertelde dat je bij je moeder zou logeren. Zij belde hem op om te zeggen dat je verdwenen was. Wat ga je nu doen?'

'Ik blijf hier.'

'Dan moet je wel dringend je ouders bellen. Je begrijpt toch dat ze zich ongerust hebben gemaakt.'

'Ik bel straks wel. Mijn gsm ligt nog boven.'

'Neem de mijne maar.'

De agent met de scheefgezakte pet stopt me zijn mobieltje in de hand.

'We willen op zeker spelen', legt hij uit. 'Voor vermisten geldt tegenwoordig de hoogste prioriteit.'

Met bevende vingers toets ik het nummer van papa. Het duurt een hele tijd voor de telefoon overgaat.

'Laura!? Waar zat je? We hebben ons zorgen gemaakt.' De stem van papa klinkt niet boos, eerder opgelucht.

'Mama is ziek. Ik ben weer thuis', antwoord ik ontwijkend.

'Je had me kunnen bellen. Of minstens een berichtje achterlaten. Je moeder was in alle staten. Zomaar weglopen, dat doe je niet.'

'Ik heb er niet bij nagedacht. Sorry.'

'Bel haar vlug.'

'Mama is boos op me.'

'Waarom?'

'Omdat ik bij jou woon en niet bij haar. Kun jij haar niet bellen?'

Een diepe zucht aan de andere kant van de lijn is het enige antwoord. Verwarde geluiden op de achtergrond dringen vaag tot me door: voorbijrazende auto's, een claxon, muziek, stemmen als uit de intercom van een stationshal.

'Bel zelf maar, Laura. We staan hier onder de Eiffeltoren. Dit is geen ideaal moment om naar je moeder te bellen.'

De agent neemt zijn toestel van mij over.

'Meneer Meskens, met Fritz Gezel, inspecteur van politie. Uw dochter maakt het goed. Ze wil alleen thuisblijven. Gaat u daarmee akkoord?'

Het antwoord van papa blijft ergens onderweg in de lucht

zweven. De agent knikt. Ik verwacht elk ogenblik dat zijn hoofddeksel tegen de grond kwakt.

'Goed', zegt de agent. 'We zullen zelf haar moeder op de hoogte brengen. Wilt u uw dochter nog spreken?'

Weer stilte.

'Dat begrijp ik. Die lift wacht niet...Prettige reis verder.'

De agent doet geen moeite om het verwijtende toontje in zijn stem te verbergen. Hij klapt zijn gsm dicht.

'Je vader staat op het punt de lift naar de top van de Eiffeltoren te nemen. Hij belt je later nog wel', legt de agent uit. Eindelijk zet hij zijn pet recht. Vanonder de klep, die nu zijn ogen bijna verbergt, kijkt hij me aan met een bezorgd trekje om de mond.

'Doe verder geen domme dingen, Laura. Hier heb je mijn nummer, mocht je ons nog nodig hebben.'

'Ja, ja', zeg ik afwezig.

De agenten vertrekken. Mijn gedachten zitten in de lift op de Eiffeltoren. De wereld rondom mij krimpt ineen tot een miniatuurtje. Het adreskaartje van de agent gooi ik als een waardeloos prul op de keukentafel. Die kaartjes zijn gebakken lucht, hulpmiddeltjes om er zonder gezichtsverlies vandoor te kunnen gaan. Na de schooldirecteur en Tine is die agent al de derde die me zijn kaartje in de hand stopt. Maar als je ze dan nodig hebt zijn ze er niet. *Tine Dedijcker kan uw oproep niet beantwoorden. Druk op...*

Ik kleed me aan. In een douche heb ik geen zin. Mijn gsm blijft op uit. Ik voel me niet in staat om een telefoontje van mama te beantwoorden. Toen ze me gisteren ervan beschuldigde dat ik haar in de steek had gelaten, was dat vals. Vandaag heeft ze wel een punt: ik liet haar stikken. Het ergste is dat ik daarover helemaal geen wroeging heb.

Ik voel me verloren, achtergelaten op een onbewoond eiland, opgesloten tussen vier muren. Natuurlijk kan ik naar buiten gaan. Wie kan me dat beletten? Maar ik wil het niet. Ik voel me vies. Mijn haar is vettig, het hangt als klittenband in mijn nek. Waarom en voor wie zou ik me moeten optutten? Ik maak toch iedereen ongelukkig. Mama is terecht boos. Papa beklimt de Eiffeltoren. Kaat wil niet komen. Alleen als Johan door mijn hoofd waait voel ik enige warmte. Zou hij echt iets voor me voelen? *Je bent leuk,* zei hij. Hoe kan hij dat weten? Hij kent me niet eens. Ken ik mezelf wel? Het is best mogelijk dat ik hem nooit weer zie.

Ik loop terug naar de keuken en trek een blik cola open. Het lipje krast per ongeluk over mijn arm en laat een lange rode streep achter. Plotseling voel ik de drang om harder door te drukken, om de vlijmscherpe rand door mijn huid heen te prikken, zodat die verdomde pijn die ik in mijn borst voel samen met mijn bloed kan wegsijpelen.

Geschrokken van mezelf keil ik het lipje in de vuilnisemmer. Ik drink de cola zo gulzig op dat er een paar druppels over mijn kin lekken. Ik rep me naar mijn kamer en ga op bed liggen. Moe ben ik niet. Wel leeg, leger dan een weggegooid blikje in een blikvanger.

•

Vier uur!
Ik word wakker met een reuzenhonger. De storm in mijn lijf is gaan liggen.
De bruine boterham met ham en kaas en een paar schijfjes tomaat smaakt als een feestmaal. Ik kikker er echt van op. Het moet nu maar eens uit zijn met die nare gedachten. Zo slecht ben ik heus niet. Ik wil best alles goed doen. Wanneer alles vierkant in de soep loopt, is dat niet mijn schuld.

Het is alsof ik een geheime energiebron heb aangeboord. Ik weiger om bij de pakken te blijven neerzitten. Ik wacht niet tot de klappen in mijn nek vallen.

Ik neem een bad. De warmte van het water vloeit als honing door mijn lijf. Ik doe een blonde, bijna witte kleurshampoo in mijn haar. Ik ben benieuwd naar het resultaat.

Daarna bel ik Tine op.

'Ha, Laura, ik heb al de hele dag geprobeerd je te bellen', klinkt Tine blij verrast.

'Ik dacht er gisteren te laat aan dat je naar dat concert was. Was het leuk?'

'Super, joh. Oma heeft er ook van genoten. Ik zou best nog eens terug willen.'

'Dan ga ik mee!'

'Meen je dat? Er komt een extra optreden, heb ik gehoord. Zal ik kaarten bestellen?'

'Ik weet niet of ik mee mag van papa.'

'Weet je, ik bestel alvast twee tickets. Als je toch niet mee kan, raak ik die wel weer kwijt.'

'Ik zal het vragen.'

'Mooi. En vertel me nu eens waarvoor je belde?'

'Ik wil je eens spreken. Onder vier ogen.'

'Prima. Zeg maar wanneer je kunt. Ik maak me wel vrij.'

'Dat is heel lief.'

'Graag gedaan, meid. Ik zie je morgen op school en dan spreken we af. Oké?'

'Ja, goed. Sorry voor het storen.'

'Dat is niet erg. Tot morgen.'

Ik ben best trots op mezelf. Eindelijk vat ik de koe bij de horens. Ik ga achter de pc zitten. Ik hoop dat er iemand is om mee te chatten.

De gebruikelijke startpagina verschijnt. Ik zit al klaar om het wachtwoord in te tikken, maar opeens lijkt de laptop te aarzelen.

'Raar', mompel ik binnensmonds.

Zonder dat ik één toets aanraak, springt de computer naar de map 'mijn afbeeldingen' en... Het hele scherm vult zich met een haarscherpe foto van mezelf.

'Verdomme, heeft hij het hem dan toch geflikt!?' sakker ik.

Ik zet de pc snel uit en weer aan. Hetzelfde scenario. Andres, verduveld, hoe doet hij dat? Stel je voor dat hij mijn hele pc doorsnuffelt. Ik mag er niet aan denken. Hij krijgt me helemaal in zijn macht. Misschien moet ik de harde schijf wissen en alles opnieuw installeren.

Gelukkig lijkt er verder niks aan de hand. Ik check mijn mail: vier ongelezen berichten. Johan is er ook bij! Mijn hart maakt rare bokkensprongen.

In mijn haast om zijn mailtje te lezen, klik ik per ongeluk een ander bericht aan.

Hé, tante nonneke, wat vind je van je foto? Mooi, hè!

Geërgerd klik ik het bericht weg en vink Johan aan.

Dag,Laura. Ik vond het heel leuk om je te ontmoeten. Ik wil je graag nog eens zien. Bel me: 4477 328830. Kusje.

Weer eentje die vraagt om te bellen, denk ik, deze keer zonder mij te ergeren. Integendeel! In mijn buik dansen vlinders: een zalig en tegelijk verwarrend gevoel. Ik wil Johan meteen bellen, maar bedenk me. Morgen denkt hij er misschien al anders over. Ik hoop dat ik me vergis.

De twee overblijvende berichten zijn van Kaat.

Jammer dat ik gisteren niet kon komen. Hoe gaat het met je? Vanochtend was je al weg bij je moeder. En: *Het adres van die tattoo- en piercingshop is Veldstraat 248. Keuze zat daar.*

Ik laat alle mailtjes onbeantwoord.

Acht

'Die rekening klopt. Hier zijn de bewijzen.'
Met een beslist gebaar, om elke tegenspraak bij voorbaat de kop in te drukken, duwt *Frau Sylvia* de bestelbonnen van de broodjes onder mijn neus.
'Onmogelijk!'
'Kijk dan zelf. Dat is toch jouw handtekening. Of niet?'
'Iemand moet hem nagebootst hebben.'
'Dus jij beweert dat iemand broodjes heeft besteld op jouw naam en dan ook nog je handtekening heeft vervalst?'
'Het kan niet anders.'
'Dat is een zware beschuldiging, Laura.'
'Kut is het, allemaal kut. Niemand gelooft me hier. Strontschool', krijs ik.
'Laura! Een beetje beleefd alsjeblieft', berispt *Frau Sylvia* streng.
'Ik betaal niet voor dingen die ik niet heb besteld!'
'De bewijzen...'
'Die zijn vals! Dat zeg ik toch!'
Frau Sylvia pakt de bestelbriefjes weer op en bestudeert ze met zoveel aandacht deze keer dat het bijna belachelijk overkomt.
'Wie doet nu zoiets?' vraagt ze ongelovig.
'Ze hebben het al langer op mij gemunt.'
'Wie?'

'Ik had Andres nooit mogen verraden. Daarmee is alles begonnen.'

'Denk je…'

'Wie anders?' haal ik de schouders op.

'Goed. Ik zal de zaak onderzoeken. Ik hoop voor jou dat je gelijk hebt, anders zwaait er wat.'

Boos duw ik mijn stoel achteruit en loop zonder groet naar buiten. Op weg naar de klas deponeer ik een briefje voor Tine in de brievenbus van *Het Ruziekot*. Op de trap tussen het scheikundelokaal en ons vast lokaal loop ik Klaas Donckers tegen het lijf.

'Hé, Laura, heb je zin om tussen de middag mee naar buiten te gaan?' vraagt hij.

'Om wat te doen?'

'Wandeling, sigaretje, wat rondhangen, weet ik veel. Alles is beter dan die vervelende middagpauze.'

Daar heeft hij gelijk in. De middagpauzes duren een eeuwigheid. Maar… *Frau Sylvia*… het reglement… Ik kan me niet teveel zijsprongetjes veroorloven. Ik sta nu al in een slecht blaadje.

'Niemand heeft wat in de gaten, joh. Ik ken een leuk plekje.'

'*Frau Sylvia* heeft zelfs ogen op haar kont.'

'Ze is er niet vanmiddag. Het is de beurt aan Hans, die stagiair.'

'Is die blind dan?'

'Niet blind, wel slechtziend', grapt Klaas. 'Hij kijkt in elk geval niet zo nauw.'

'Als jij het zegt…'

'Je zult het zien. Ga je mee?'

Nou ja, waarom ook niet, denk ik. Een avontuurtje trekt mij altijd wel aan. Maar…

'Is Andres er ook bij?'

Klaas aarzelt.

'Soms wel, soms niet', weifelt hij. 'Is dat een probleem?'

'Voor mij wel. Als hij weer eng gaat doen.'

'Andres probeert iedereen te bedonderen. Je bent echt niet de enige.'

'Een schrale troost.'

Even denk ik eraan om de broodjesaffaire aan te kaarten, maar ik bedenk me. Klaas is ook een slippendrager van Andres. Het zou de zaak alleen maar erger maken.

Waarom ben ik toch zo'n twijfelaar?

Nu heb ik alweer spijt dat ik dat briefje voor Tine in die brievenbus heb gestopt. Wie garandeert mij dat mijn verhaal morgen niet de ronde doet in de hele school? Dan sta ik mooi voor aap. Dat van die broodjes kan ik trouwens niet bewijzen. Eigenlijk heb ik mezelf die hele rotzooi op de hals gehaald. Ik was de gedroomde prooi. Met dat truttige bloesje leek ik best wel op een zedig nonnetje. Als Andres me nu zou zien, zou hij wel andere gedachten krijgen. Met mijn T-shirt van Esprit met een breed boothalsje en de bandjes van mijn beha uitdagend op mijn blote schouders zie ik er best sexy uit. Nu nog een piercing. Een gouden staafje. Ander materiaal irriteert mijn huid.

Het is inderdaad een makkie om ongezien naar buiten te glippen. De poort is onbewaakt en de studiemeester loopt ongeïnteresseerd aan de overkant van het schoolplein.

'Waar gaan we naartoe, Klaas?'

'Naar ons clubhuis. Je merkt het wel.'

We lopen weg van de markt. Aan de schouwburg kruisen we de spoorweg. Het zwembad met daarnaast het voetbalveld van de Black Boys laten we links liggen. Klaas loopt alsof zijn leven ervan afhangt. Ik kan hem nauwelijks bijbenen.

'Is het nog ver?' klaag ik.

'We zijn er zo.'

Even verderop slaan we een onverhard wegje in. Het verbaast me dat je in zo'n korte tijd de stad uitkomt. Dit lijkt het platteland wel. Wat hebben we hier in godsnaam te zoeken?

'We hadden beter de shuttlebus naar het koopcentrum genomen.'

'Dan zijn we zo verraden. De helft van de leraars luncht daar.'

We staan voor een grote wei met paarden. Achteraan tegen de omheining staat een houten barak. Naast de deur zitten twee gasten met de rug tegen de muur te roken. Zodra ze ons opmerken staat er eentje op en glipt naar binnen. In mijn hoofd steekt een stemmetje de kop op. Wat doe je hier eigenlijk, Laura? Om in het geniep een sigaret te roken hoef je niet als een padvinder het veld in te trekken.

'Ziedaar, het clubhuis', glundert Klaas.

'Een paardenstal, bedoel je.'

'Die paarden zijn van Rox the Fox.'

'Roxanne!?'

'Haar pa is veearts.'

Ik betrap mezelf erop dat ik Klaas met openhangende mond sta aan te kijken.

Tegen de deur van het clubhuis hangt een levensgrote poster van *The Maniacs*. Die band is me volkomen onbekend. Mijn interesse in de affiche is dan ook maar lauw. Tot ik de zanger herken: Andres!

Hij draagt een ruige baard. Onder een stoer motorjack wappert een wijde, gescheurde en verkleurde jeans. Een gitaar hangt laag op zijn buik. Op de klep van zijn cap prijkt een doodshoofd. Een meisje met rossig haar klemt twee armen rond zijn benen en kijkt smachtend naar hem op. Roxanne! Voor ik van mijn verbazing ben bekomen, zwaait de deur van de barak wijd open. De indrukwekkende body van Andres vult het hele deurgat.

'Ha, tante no... heu... Laura. Je ziet er knap uit vandaag', lacht hij.

Ik voel mijn wangen gloeien en kijk weer naar de poster.

'Ik wist niet... Ik ken *The Maniacs* niet', stamel ik dom.

'Dat is normaal. Ze bestaan alleen op papier. Ik speel trouwens geen noot en mijn keel is een rasp.'

Mijn ogen laten *The Maniacs* niet los.

'Toch knap gedaan, vind je ook niet? Met de computer kun je alles tegenwoordig.'

Het geheimzinnig klankje in de stem van Andres ontgaat me niet. Achter zijn rug, uit het donkere gat van de openstaande deur, klinkt onderdrukt gegrinnik.

'Kom erin. Welkom in de club', lacht Andres.

Hij zet een stap opzij en laat mij voorgaan. In het passeren port hij Klaas plagerig tussen de ribben.

'Knap werk, Klaassie. Ik had nooit gedacht dat het je zo snel zou lukken.'

Klaas Donckers groeit een paar centimeter, terwijl ik zelf in elkaar krimp. *Knap werk!* Was het dan alleen de bedoeling om mij hier naartoe te lokken? Dat ik dat niet eerder in de gaten had! Een trut ben ik, een domme trut. Zelfs die idiote Klaas leidt me zomaar om de tuin. Ik voel me een beetje misselijk en dat komt zeker niet alleen door de rook in het lokaal, hoewel die om te snijden is.

'Sigaret?' vraagt Andres. Hij duwt een geopende box *Marlboro* onder mijn neus. 'Of wil je liever iets beters?'

Iets beters? Wat bedoelt hij? Zitten die gasten hier soms te blowen? Haastig gris ik een saffie uit het pakje. Mijn ogen, ondertussen gewend aan de duisternis in het nauwelijks verlichte lokaal, blijven plakken aan de benen en dijen van Rox the Fox. Ze hangt op een barkruk met haar rug slapjes tegen de geïmproviseerde toog. Haar rokje is veel te kort en te strak. Haar tanden glimmen.

'Hier is ze dan, jongens, Laura Meskens, ons fotomodel', schatert Andres. Zijn lach klinkt vals. Roxanne proest het uit en verslikt zich in haar drankje.

Ik val van de ene verbazing in de andere. Hoe komt Andres erbij om mij een fotomodel te noemen? Zo knap ben ik nu ook weer niet.

'Fotomodel? Hoezo?' aarzel ik.

De hele troep zit mij aan te staren als een kudde lachende schapen. Ik zie fluisterende monden waaruit geen geluid komt. Klaas Donckers is lucht geworden. Hij valt nergens te bespeuren.

'Waarom noem je mij een fotomodel?' herhaal ik mijn vraag. Andres lacht nu echt.

'Kijk eens aan, zoals je er nu bijloopt, met dat strakke shirtje en je naakte schouders, is de vergelijking toch snel gemaakt. Toen ik je voor het eerst zag, deed je me aan een non denken, vandaag aan een *covergirl*. Zo simpel is dat. Je bent echt sexy, hoor.'

De woorden van Andres stellen me niet op mijn gemak. Integendeel, ik voel me beroerd. En die verdomde rook prikt in mijn neus en keel. Ik hoest. Andres biedt me galant een drankje aan. Met zijn vrije hand klopt hij ritmisch tussen mijn schouderbladen.

'Gaat het weer een beetje?' vraagt hij bezorgd. Als ik hem niet beter kende, zou ik nog geloven dat hij het meende.

Mijn hand beeft. Ik mors cola op de grond.

'Lucht! Ik heb lucht nodig!' schuurt mijn stem.

Iemand zet de deur open.

'Wat een lijf! Een snoepje is ze', zegt een bekende stem achter mijn rug.

Ik keer me bruusk om en kijk recht in de dwaze smoel van Klaas. Zijn ogen glijden over mijn borsten, mijn buik.

'Idioot! Ga je grootje neuken', bits ik, zonder te schrikken van het taaltje dat ik uitkraam.

'Niks om je druk over te maken, meid. Klaas is nog maagd en af en toe slaat zijn verbeelding op hol', sust Andres.

Hij maakt een beweging in mijn richting alsof hij van plan is een hand op mijn schouder te leggen. Ik sla hem weg als een vervelende vlieg.

'Ik ben weg! Gore troep!' schreeuw ik.

Andres grijpt me bij de arm.

'Blijf nog wat. Straks gaan we allemaal terug', fleemt hij.

'Laat die trut toch gaan, Andres', foetert Roxanne. 'Wat zie je toch in dat domme wicht. Een non blijft een non. Een paar blote schouders veranderen daar niks aan.'

Ze slaat driftig één been over het andere. Eén tel gluurt haar witte slip me aan vanuit de duistere tunnel tussen haar dijen. Vuile hoer, denk ik. Ik ren naar buiten. Een bulderend lachsalvo rent met mij mee.

Stomme Klaas! Nee, stomme Laura! Hoe kon ik zo domweg met hem meelopen? En met die vuile paardenstal wil ik sowieso niets meer te maken hebben. Waarom moeten zulke dingen mij altijd overkomen? Ik ben het zat. Het water staat me tot aan de lippen. Nog één duwtje en ik ga kopje onder.

•

Drie dagen later heb ik een afspraak met Tine in het park. Het is een warme dag. Gelukkig wordt de brandende zon getemperd door de dichte kruinen van eiken, beuken en schilferige platanen. Er zijn nauwelijks wandelaars, geen spelende kinderen. Het geraas van de auto's langs de rand van het park dringt nauwelijks door.

Een tijdlang lopen we zwijgend naast elkaar, alsof onze gedachten nog achter slot en grendel zitten. Aan een kleine vijver, naast een eeuwenoude eik, gaan we op een bank zitten. Twee statige zwanen heffen ongerust de kop op. Eentje steekt agressief de nek uit en blaast dreigend in onze richting.

'Papa zwaan maakt zich boos', lacht Tine. Ze wijst met haar kin naar de zwanen. 'Hoe zit dat met jouw papa? Is de scheiding al wat verteerd?'

'Papa is de enige die daarvoor gekozen heeft. Hij is ook de enige die er een beloning voor krijgt.'

'Hoe bedoel je?'

'Dat is nogal duidelijk. Wij, mama, Shana en ik, zijn verliezers. Papa is vooral een winnaar, de enige die er iets voor in de plaats krijgt: een nieuwe vriendin...'

De stop vliegt van mijn gedachten en gevoelens. Ze borrelen op als koolzuur en vloeien zomaar uit mijn mond. Ik word een sprekende waterval. Alles wat me dwarszit, gooi ik eruit. Alleen Johan bewaar ik als een schat in een doosje, diep in mezelf.

Tine luistert, ze onderbreekt me niet één keer. Wanneer ik eindelijk zwijg en met het puntje van mijn tong over mijn droge lippen strijk, nodigt ze me uit voor een drankje in 'Het Park'. De gezellige bruine kroeg nodigt met zijn knusse zetels rond kniehoge tafeltjes uit tot verdere intimiteit.

'Andres heeft mijn computer gekraakt', zeg ik zonder enige aanleiding.

'Ook dat nog! Hoe kan hij dat?'

'Weet ik veel. Hij had het voorspeld. Ik dacht dat hij blufte. Toen ik een paar dagen geleden mijn pc opstartte verscheen er plotseling een schermgrote foto van mezelf op de monitor.'

Tine slurpt aan haar chocolademelk en zet haar kopje voorzichtig weer op het schoteltje.

'Alles kunnen we in *Het Ruziekot* niet oplossen', zegt ze bedachtzaam. 'Ik bedoel, die problemen met je ouders... Misschien moet je die nog eens aankaarten bij je pa. Wat die computer betreft, ook dat is voor ons eigenlijk een stapje te ver.'

'Wat bedoel je?'

'We krijgen regelmatig klachten over dreigmailtjes of berichten met een expliciet seksuele ondertoon. We hebben al geprobeerd om in die gevallen te bemiddelen. Zolang het louter om plagerijen gaat, lukt dat wel.. Een computer kraken is duidelijk een stap verder. Dat is zoveel als inbraak. In dergelijke gevallen schakelen wij via de directie de politie in.'

'Politie! Ben je gek?'

'Waarom vind je dat gek? Wanneer iemand bij je thuis inbreekt om alles te doorsnuffelen, doe je toch ook aangifte.'

'Dat is wat anders.'

'Vind ik niet. Ook via de pc kunnen ze veel schade berokkenen.'

'Geen politie, Tine! Dat wil ik echt niet. Ik had gehoopt dat dat jij me wilde helpen, maar blijkbaar... ach laat ook maar...'

Ontgoocheld drink ik de rest van mijn cola op en maak aanstalten om te vertrekken.

'Ga nog even zitten, Laura', zegt Tine vriendelijk, maar tegelijk dwingend.

Aarzelend laat ik me weer op mijn stoel zakken.

'Misschien heeft Andres er niets kwaads mee bedoeld', zeg ik, heimelijk hopend dat Tine dan haar idee van de politie laat varen.

'Goed. We kunnen het uitvissen. Ik probeer een ontmoeting te regelen tussen jou en Andres. Tijdens dat gesprek zal wel het een en ander duidelijk worden. Vind je dat goed?'

Het idee om samen met Andres om de tafel te moeten zitten, schrikt mij eerlijk gezegd wel af. Maar ja, uiteindelijk is dat de bedoeling. Toen ik dat briefje in de brievenbus van *Het Ruziekot* deponeerde, ben ik in het water gesprongen. Nu moet ik zwemmen.

'Ik heb nog één probleem, Laura. Ik weet niet of ik die sessie wel kan leiden.'

'Waarom niet?'

'Andres zou kunnen twijfelen aan mijn onpartijdigheid als hij erachter komt dat ik jou al beter ken.. Het is van het allergrootste belang dat de twee partijen vertrouwen hebben in de moderator.'

'Je kunt ook met hem vooraf een gesprek hebben.'

'Dat is nog eens een idee', glundert Tine.

Als we even later afrekenen en naar buiten lopen, laat de zon verstek gaan. Ik ben er helemaal niet zeker van dat ik dat gesprek met Andres wel aandurf.

Tien

Ik ben sprakeloos.

Een fonkelnieuwe fiets! En wat voor een! Veertien versnellingen, een ultralicht frame, luchtvering in de vork en onder het zadel.

'Je zegt niets. Vind je hem niet leuk?' plaagt papa.

Ik krijg de woorden die op mijn tong liggen niet over mijn lippen. Ik wist dat papa me vroeg of laat mijn zin zou geven, maar zo snel had ik dat niet verwacht. En dan nog zo'n luxe ding!

'Mag die nat worden?' vraag ik onnozel.

'Kunststof roest niet', lacht papa.

Ik geef hem een klapzoen op zijn wang.

'En mijn lievelingskleur', stamel ik.

'Gisèle heeft de kleur gekozen.'

'Echt? Hoe wist jij...'

'Dat was niet zo moeilijk. Ik heb al een tijdje in de gaten dat paars en zwart je lievelingskleuren zijn', lacht Gisèle. 'Zwart vond ik zelf maar niks, vandaar...'

Ik zie pretlichtjes dansen in haar ogen. Mijn wangen gloeien als ik haar omhels.

'Mag ik er morgen mee naar school?'

'Als je belooft om extra voorzichtig te zijn', doet papa ernstig.

'Dat zal wel meevallen,.......... Laura is geen domme meid', schiet Gisèle mij te hulp.

Ik schenk haar een dankbare glimlach. Eigenlijk valt ze best mee. Ze is zo helemaal anders dan mama: rustiger, minder achterdochtig en ook veel spontaner. Wat ze denkt, flapt ze eruit. Misschien is papa daarom wel verliefd op haar geworden. Maar ze moet niet denken dat ik haar ooit als een tweede moeder zal gaan zien. Ik zeg niet dat het haar schuld is, maar door haar zijn papa en mama uit elkaar gegaan. En dat komt nooit meer goed. Een gebroken vaas kun je lijmen, maar de barsten blijven.

Het lijkt of papa gedachten kan lezen.

'Het is wel een heel eind, maar als het lekker weer is, kun je misschien ook eens met de fiets naar je moeder', zegt hij. 'En naar Shana en Kaat', voegt hij er in één adem aan toe.

En naar Johan, denk ik. Dat zijn brommer het juist nu laat afweten! Overdag kan hij niet weg en 's avonds rijden de treinen niet laat genoeg. Sinds die nachtelijke rit, waarbij ik zo zalig tegen zijn rug aan zat en de wind het spinrag uit mijn hoofd blies, heb ik hem niet meer gezien. Toch brengen zijn mails en telefoontjes me steeds meer in de war. Ik verlang ernaar zijn lach te zien, zijn wilde haardos, de kleur van zijn ogen. Ik ril bij de gedachte aan zijn hand op mijn schouder. Ik fantaseer dat hij me kust en probeer te bedenken hoe zijn lippen smaken.

'Je zegt niks', klinkt de stem van papa uit de verte.

'Sorry', prevel ik.

Gelukkig dringt papa niet verder aan. Ik weet best wat hij bedoelt. Hij wil dat ik het weer goed maak met mama. Je moeder en ik zijn gescheiden, maar jullie twee niet, beweert hij steeds. Natuurlijk heeft hij gelijk, maar ik ben er niet klaar voor. De manier waarop ze mij de vorige keer begroette, heeft diepe sporen achtergelaten in mijn ziel.

'En nu ga ik een proefrit maken', zeg ik luchtig, om de spanning te breken.

'Waar naartoe?'

'Zomaar, wat rondfietsen.'

Papa kijkt op zijn horloge en lonkt vragend naar Gisèle. Ze knikt bijna onmerkbaar. Ik ben al onderweg om mijn jasje aan te trekken.

'Vergeet niet om hem op slot te zetten als je hem ergens achterlaat', roept papa me na.

Ik zwaai één arm in de lucht.

Er staat best wat wind. Toch trappen mijn benen alsof ze door zachte boter gaan. Die fiets is echt een juweeltje. Zelfs de helling van het viaduct over de snelweg, waar normaal gesproken mijn tong binnen de kortste keren op mijn schoenen zou hangen, neem ik moeiteloos. Een paar klikken aan de handgreep en de juiste versnelling maken dat je nog nauwelijks voelt dat het bergop gaat. Ze zullen morgen staan kijken op school, glunder ik inwendig.

In het park, op dezelfde bank als waar ik met Tine heb gezeten, blaas ik even uit. Twee ravottende kinderen rennen heen en weer. De ouders komen er een eindje achteraan. Ze lopen hand in hand. Meteen duikt mama weer op in mijn hoofd. Natuurlijk wil ik het goedmaken, het lukt me alleen niet echt. Ik heb nog altijd het gevoel dat er op die avond toen ik bij haar wegliep iets voorgoed gebroken is tussen ons. Of ben ik misschien te koppig en te trots? Mama heeft toch de eerste stap gezet door me weer op te bellen. Ondanks alles vond ik dat fijn. Sindsdien bellen we elkaar om de twee, drie dagen. Het blijft bij wat oppervlakkig geklets. Verder dan het weer, een nieuwe jurk en cijfers op school raken we niet. Als onze gevoelens en verlangens ter sprake zouden komen, vrees ik dat het weer gaat vriezen tussen ons.

Later dan ik van plan was kom ik weer thuis. Ik sta net onder de douche als mijn gsm overgaat. Poedelnaakt en lekkend als een eend diep ik hem op uit mijn tasje dat op de grond staat. Ik loop naar de woonkamer. Onderweg sla ik rillend de kamerjas van papa over mijn schouders.

'Hé, Shana, dat is een verrassing!'

'Ik heb je gemist, Laura', klinkt mijn zus verwijtend.

Ik moet glimlachen. Ik betwijfel of Shana de waarheid spreekt. Ik heb haar nog nooit over iets of iemand weten piekeren. Ze is heel anders dan ik.

'Als ik bel, ben je er nooit. En dit is de eerste keer dat je zelf belt.'

'Mama wil het niet, Laura. Je zus kan gemakkelijk hier naartoe komen, zegt ze.'

'Ik was er toch. Maar jij was bij een vriendin.'

'Laura, we gaan toch geen ruzie maken, hè?'

'Sorry, zussie.'

'Geeft niet, joh. Vanaf nu kan ik je gewoon bellen. Ik heb ook een gsm.'

'Geef je nummer eens, dan zet ik je in mijn lijstje.'

'Oké, maar je moet niet denken dat ik nu alle dagen ga bellen. Ik moet mijn telefoonkaarten zelf betalen.'

'Volgende maand krijg je er een van me', lach ik.

'Vergeet het maar niet.'

'Beloofd is beloofd. Hoe is het met mama? Zeurt ze nog zo?'

'Ze denkt dat ik eeuwig elf blijf.'

'Dat ken ik.'

'Die ellende met papa is ze nog niet vergeten. Ze zegt dat ze het niet gemakkelijk heeft.'

'Wij toch ook niet.'

'Bwa, ik red me wel. Jij niet dan?'

'Ik zou het willen goed maken met mama, Shana.'

'Dan moet je nog eens langskomen.'

'Ik ben bang dat het weer misloopt.'
'Ze weet best dat ze je de vorige keer onredelijk behandelde.'
'Zegt ze dat?'
'Nee, maar ik weet dat.'
'Ik wil best komen, maar dan moet jij er ook zijn, Shana.'
'Woensdag dan? Zeg maar met welke trein je komt.'
'Ik heb een nieuwe fiets.'
'Geluksvogel.'
'Ik heb er hard genoeg om gezanikt.'
'Dat helpt bij mama niet.'
'Weet ik.'
'Nou, kom je?'
'Ik moet het papa nog vragen.'
'Die doet toch nooit moeilijk.'
'Ik bel je nog.'
'Beloofd?'
'Beloofd.'
'Oké, dan. Je hebt mijn nummer. Kusje.'
'Kusje terug.'

Ik loop terug naar de badkamer en stap weer onder de douche. Het water is zachter en de gel ruikt lekkerder dan daarstraks.

•

'Dat is nu al de derde slappe band in drie dagen', foeter ik.
'Ik zal je even helpen', stelt Steven Wijsmantel voor.
Ik kijk hem woedend aan. Hij schrikt van de bliksems die uit mijn ogen vonken.
'Sorry', mompel ik. 'Jij kunt er niks aan doen. De fietsenmaker vindt geen lek en het ventiel is ook in orde, beweert hij.'

Steven neemt de fietspomp zwijgend van me over. In één-twee-drie is de klus geklaard.

'Raar', mompelt hij. 'Een paar keer pompen en die band staat weer keihard.'

'Dat zeg ik toch', sneer ik.

'Weer een slappe band? Koop een goede fiets!' klinkt het achter mij. Met een ruk draai ik me om. Roxanne! Ze lacht me verdomme gewoon uit. Heeft zij hier wat mee te maken? Een plotse woede doet mijn maag samentrekken.

'Bemoei je met je eigen zaken', snauw ik. 'Er is niks mis met mijn fiets.'

'Ja, dat merk ik.'

'Je bent jaloers.'

'Ik? Kijk liever naar jezelf. Je hoeft niet te proberen Andres van mij af te pikken. Het lukt je toch niet. Hij valt niet op nonnetjes.'

'Andres kan me gestolen worden!' schreeuw ik.

'Ja!? Daarom probeer je zeker aldoor met hem te chatten.'

'Ik? Dat is de beste grap die ik in weken heb gehoord', schater ik.

'Laura Meskens, dat ben jij toch, trut.'

Smerig kreng, denk ik. Ik voel mijn hart pompen, het bloed jaagt naar mijn hoofd, mijn benen trillen.

'Laat me met rust of ik krab je de ogen uit', bits ik.

Roxanne lacht hoog en schel. Ze blijft me strak aankijken.

Steven Wijsmantel muist er stilletjes vanonder. Hij ziet niet meer dat Roxanne in de zak van haar truitje tast.

'Hier! Dit zal je geheugen opfrissen', sist ze.

Ze werpt een opgevouwen A4'tje voor mijn voeten op de grond, gooit haar hoofd in de nek en loopt weg. Haar tred doet mij aan een roofdier denken: lenig, soepel en gespannen als een veer.

Ik raap het papier op en spring op mijn fiets. De band houdt het, ik niet. Het briefje van Rox the Fox brandt in mijn zak. Ik moet het lezen. Nu!

Druifje: *'Waarom doe je altijd zo onredelijk tegen mij, Andres?'*

Kameleon: *Ik? Hoezo?*

Druifje: *'Je weet best wat ik bedoel. Soms ben je lief en dan weer doe je ontzettend hufterig.'*

Kameleon: *'Dat droom je.'*

Druifje: *'Ik droom van andere dingen.'*

Kameleon: *'Vertel.'*

Druifje: *'Ik wil je eens alleen spreken.'*

Kameleon: *'Waarom?'*

Druifje: *'Dat zeg ik nu liever niet.'*

Kameleon: *'Kom op, toch niet verlegen?'*

Druifje: *'Nou ja, elke keer als ik je zie, krijg ik vlinders in mijn buik.'*

Kameleon: *'Toch niet verliefd?'*

Druifje: *'Misschien wel. Kom je vanavond naar de cafetaria van het zwembad? '*

Kameleon: *'Dat kan niet. Ik heb een afspraak met Rox, tante non-neke.'*

Druifje: *'Noem me niet zo.'*

Kameleon: *'Fotomodel dan?'*

Druifje: *'Noem me gewoon Laura.'*

Kameleon: *'Weet je wat ik denk, Laura. Je hebt gewoon zin om met mij te vrijen.'*

Druifje: *'Doe niet zo stom.'*

Kameleon: *'Geil, joh, een beetje tegenpruttelen. Vind ik net lekker.'*

Druifje: *'Ik wil gewoon met je praten. Dat is alles.'*

Kameleon: *'Dat zal Rox niet leuk vinden.'*

Druifje: *'Ze hoeft dat toch niet te weten.'*

Kameleon: 'Hela, nonneke, zo zit ik niet in elkaar. Ik bedrieg mijn liefje niet.'

Druifje: 'Is praten ook al bedrog? En, ik ben geen non!'

Kameleon: 'Maagd dan.'

Druifje: 'Doe niet zo vervelend.'

Kameleon: 'Zie je wel, maagd, hè. Logisch, nonnetjes mogen alleen vingeren.'

Druifje: 'Please, Andres.'

Kameleon: 'Wat zou je ervan denken als ik dit gesprek zou doormailen naar Rox, wijffie?'

Druifje: 'Je bent er nog toe in staat ook.'

Kameleon: 'Zeker weten. Ik sta niet in voor de gevolgen. Ze verslindt je. Ik zal...

De tekst houdt abrupt op, alsof de internetverbinding onverwacht is uitgevallen.

Ik houd het niet langer. Tranen van woede en schaamte druppelen van mijn wangen. Ik vind geen zakdoek. Dit bericht is zo fake als wat. Ik bijt nog liever een stuk van mijn tong dan zo'n gesprek te voeren. Maar wie gelooft me? Roxanne heeft ongetwijfeld een aantal kopies gemaakt. Misschien doen ze al de ronde. Ik frommel het blad papier tot een prop en veeg er mijn tranen mee weg.

De versnellingen kunnen me deze keer niet helpen. Ik heb lood in de benen. De helling van het viaduct lijkt de Mont Ventoux. Mijn hart klopt tot in mijn slapen. Ik zoek in mijn hoofd naar de juiste woorden om papa te overtuigen. Ik wil terug naar mijn vroegere school.

Hijgend als een verkouden paard kom ik thuis. Papa is er al. De geur van versgebakken frieten walmt door het huis. Hij is vergeten de afzuigkap aan te zetten, denk ik.

'Ha, daar ben je. Ik heb frieten gebakken', zegt papa.
'Dat ruik ik.'
Papa kijkt me vragend aan.
'Je hebt gehuild', merkt hij op.
'Dat komt door de wind', lieg ik. 'Ik had geen zakdoek bij me.'
Wat bezielt me? Ik verwijt papa dat hij veel te weinig met me praat. En nu geeft hij de perfecte voorzet en ik stuur hem met een kluitje in het riet! Waarom zit ik zo ingewikkeld in elkaar? Hoe kunnen anderen me begrijpen als ik mezelf niet eens ken?
De frieten met stoofvlees smaken niet. Toch prop ik een ferme portie door mijn keel. Het duurt niet lang voor mijn maag protesteert.
Na het eten wassen papa en ik samen af. Ook dan wil het gesprek niet vlotten. Tot papa ineens wil weten hoe dat nu eigenlijk zit met die broodjes op school. Het kopje dat ik net afdroog, glipt bijna uit mijn handen.
'Hoe weet jij dat?' vraag ik verrast.
'Mevrouw Vleminckx heeft daarstraks gebeld. De zaak is op-gelost. Een scheet in een fles, zei ze.'
'Zei ze dat echt?'
'Neen, joh, niet met die woorden', lacht papa. 'Het was ge-woon een vergissing.'
'Dat was het niet!' zeg ik fel.
Deze keer is het de beurt aan papa om te schrikken. Ver-baasd trekt hij een wenkbrauw op.
'Dat was het niet?' herhaalt hij mijn woorden.
'Nee! Het was louter pesterij. Iemand heeft die bestelbonnen vervalst en ondertekend met mijn naam.'
'Daar heeft ze niks over gezegd.'
'Ze zou dat nooit toegeven, het kutwijf.'

'Laura!'

'Sorry, papa, ik kan dat mens niet luchten.'

'Dat is nog geen reden om onbeschoft te zijn.'

'Ik heb toch al sorry gezegd', mok ik.

'Waarom ben je zo kwaad op haar?'

'Omdat ze me niet wilde geloven. Ik heb haar duidelijk gezegd waar het op stond. Maar nee, dat kon niet. Ik zat fout. En waarom verontschuldigt ze zich bij jou? Ik heb nog geen woord van haar gehoord.'

'Je had het me weleens eerder kunnen vertellen. Ik stond daar met mijn mond vol tanden. Ik wist totaal niet waar dat mens het over had.'

'Vergeten', lieg ik onhandig.

'Daar geloof ik niets van. Iets waarover je je zo druk maakt, vergeet je niet zomaar.'

'Ik wilde je er niet mee lastig vallen. Ik wilde dat zaakje zelf oplossen.'

'Ik heb graag dat je me alles vertelt, Laura. Zeker als er wat misloopt. Zijn er nog van zulke dingen die je voor mij verzwijgt?'

Ik krijg een herkansing, maar weer klem ik mijn lippen op elkaar. Ik voel me echt niet in de stemming om dit gesprek nog langer te rekken. Bovendien heb ik een vaag vermoeden dat papa meer weet dan hij laat blijken.

'Zwijgen is bekennen', dringt papa aan.

Er zit een prop in mijn keel. Nog één woord en de traantjes gaan vloeien. Dat wil ik niet. Ik weiger een jengelend kind te zijn.

Papa komt naar me toe en steekt zijn armen uit. Niet doen, denk ik, niet doen, nu niet knuffelen.

De deurbel redt mij.

'Ik ga wel', zeg ik haastig. Ik ben al onderweg. Zodra ik de deur op een kier heb, valt mijn mond open van verbazing.

'Johan!' stotter ik.

Johan lacht om mijn verbaasde gezicht.

'Zie je spoken?' grapt hij. Tegelijk gluurt hij links en rechts over mijn schouders.

'Ben je alleen?'

'Papa is er ook.'

'Zal ik later terugkomen?'

'Nee, joh, geeft niet. Papa bijt niet. Is je brommer gemaakt?'

'Dat kun je wel zien', wijst Johan naar het glimmende ding op het trottoir. 'Ik kom je uitnodigen om een ritje te maken.'

'Ooh! Dat moet ik aan papa vragen.'

Ik trek Johan de gang in. De windstoot die mee naar binnen waait, jaagt alle muizenissen in mijn hoofd op de vlucht. Een gelukzalige warmte vloeit door mijn lijf.

Ik loop met Johan naar de keuken, waar papa net de laatste borden wegzet.

'Dit is Johan, papa.'

'Kennen wij elkaar?' vraagt hij met uitgestoken hand.

'Johan heeft mij die avond thuis gebracht. Je weet wel, toen jij en Gisèle in Parijs waren.'

'Oh ja, natuurlijk. Bedankt, kerel.'

'Niks te danken, meneer', grijnst Johan. 'Ik vond het leuk om te doen.'

'Zeg maar Toon. Meneer hangt nog in de kast', grapjast papa.

Ik profiteer van zijn goede humeur om te vragen of ik met Johan mee mag .

'Zijn brommer is gerepareerd.'

'Zul je voorzichtig zijn?'

'Natuurlijk.'

'Vooruit dan maar, op tijd thuis, hoor.'

'Ga jij nog weg?'

'Ik rijd nog even naar Gisèle, maar dat wil niks zeggen. Je moet er niet van profiteren, het is morgen school.'

'Ik bel je zodra we weer thuis zijn. Goed?'

'Afgesproken.'

Eerlijk gezegd verbaast het me dat papa zo vlot ja zegt, maar ik heb geen tijd en nog minder zin om me daarover zorgen te maken.

Elf

Johan zegt niet veel. Ik sla mijn armen rond zijn middel en druk me tegen zijn rug aan. Zijn nekhaar kriebelt in mijn neus. De warmte die zijn lichaam afgeeft, begrijp ik beter dan woorden.

De wind vertelt een sprookje en het geknetter van de motor klinkt als muziek. Rondom ons lijkt de wereld leeg. Er zijn alleen Johan, ik en dat sputterende ding, samen in een cocon. Ook mijn gedachten zijn met vakantie. Het is een zalig gevoel: niet piekeren, alleen maar voelen.

Het kan me ook niet schelen waar we naartoe rijden: geen doel, geen bestemming, bedwelmd door Johans lichaamsgeur, die af en toe als een wolkje in mijn neus waait.

Het kan spijtig genoeg niet eeuwig duren. Eensklaps houdt het knetteren van de motor op. Ik word wakker, dwaas en verward. We staan stil.

'Ben je hier al eens geweest?' vraagt Johan. Zijn stem komt van heel ver.

Ik gluur over zijn schouder. De late zon verdrinkt in een grote plas water, die zich uitstrekt tot aan de horizon, afgezoomd met een rij bomen. Ik schud mijn hoofd. Praten vind ik nog altijd zonde.

'De Beekse plas, ontstaan na een zware overstroming', legt Johan uit. Hij helpt me bij het afstappen door een arm over mijn rug te slaan en onder mijn oksel te steken. De druk van zijn vingers tegen de zijkant van mijn borst doet vreemde tintelingen opborrelen in mijn bloed. Ik maak me haastig los.

Johan trekt zijn trui uit en nodigt mij uit om erop te gaan zitten. Ik laat een plaatsje vrij. Hij begrijpt de hint ook zonder woorden. Door zijn jeans heen voel ik zijn bloed traag kloppen in zijn dij. Mijn blik glijdt dromerig over het water en blijft haperen aan twee futen die om de beurt kopje onder duiken. Tientallen meters verder schudden ze hun veren weer droog. Een zilveren visje spartelt tussen een dichtgeklemde snavel. De vogel haast zich naar zijn snaterende jongen in het nest op de oever. Ik ga loom achterover liggen en sluit mijn ogen om te voorkomen dat de betovering wordt verbroken.

Johan voelt andere dingen dan ik.

'Hoe gaat het nu op school?' vraagt hij.

Ik open één oog op een kier en zie zijn glimlach. Haastig leg ik een vinger op zijn lippen.

'Niet over praten', fluister ik.

De vingers van Johan zijn in elkaar gestrengeld, alsof zijn ene hand de andere wil beletten mij aan te raken.

'Je hebt een mooie navel', zegt Johan.

Ik neem een van zijn handen en leg die op mijn buik. Zijn vingers zijn klam van het zweet. Ik ril. Johan trekt de hand weer terug. De magie is weg.

'Heb jij piercings?' hoor ik mezelf vragen.

'Nee.'

'Zou je er een willen?'

Ik leun op een elleboog en kijk hem verwachtingsvol aan.

'Bij iemand anders vind ik dat wel mooi. Zelf denk ik er niet aan. De gedachte aan die naald jaagt me de stuipen op het lijf', zegt hij.

'Jongens zijn allemaal kleinzerig', schamper ik
'Jij niet?'
'Ik wil een navelpiercing, zoals Kaat.'
'Die heeft ze niet meer.'
'Hè?' schrik ik en ga met een ruk rechtop zitten. Johan lacht
mijn verbazing weg.
'De wond is ontstoken. Ze kan al de hele week niet meedoen
met de gymles.'
'Daar heeft ze geen woord van gezegd.'
'Misschien vindt ze het niet zo belangrijk.'
'Juist wel! Ze wilde nog liever een piercing dan ik.'
'Wil jij er dan ook eentje?'
Het lijkt of Johan me niet gelooft. Is dat nu echt iets om zo
verwonderd over te zijn?
'Zou je het erg vinden, misschien?'
'Nee, joh, dat is toch jouw keuze.'
'Mama wilde er niets van weten. Als jij nu ook...'
'Ik heb er niks op tegen. Wat zegt je vader?'
'Weet ik niet. Ik heb het nog niet echt gevraagd.'
'Ik vind je leuk zoals je bent, Laura, met of zonder sieraden.'
Johan lacht zijn tanden bloot. Zijn ogen twinkelen. Ik vind
hem niet alleen lief maar ook mooi. En ik houd van de toon
waarop hij mijn naam uitspreekt. Het lijkt alsof hij de letters
proeft.
'Weet jij waar de Veldstraat is?' vraag ik.
'Die vinden we wel. Waarom?'
'Kaat zegt dat daar een heel grote tattoowinkel is. Zullen we
er eens een kijkje nemen?'
'Nu nog?'
'Het is pas zeven uur. Als jij het goed vindt, natuurlijk.'
Johan wipt overeind. Hij trekt me een beetje te krachtig om-
hoog en ik val zomaar in zijn armen. Ik ben verrast, maar

doe geen moeite om me los te maken. Ik voel zijn hand als een kam door mijn haar glijden. Johan is de eerste jongen die mijn haar kamt, denk ik vrolijk.

•

De kraaknette vloer is het eerste wat me in de tattooshop opvalt. Het licht van de spotjes tegen het plafond spat op de glimmende vloer uiteen in een waterval van duizenden sterren.

'Kom maar binnen', zegt de man achter de glazen toonbank, waarin honderden juweeltjes knipogen. 'Je mag je schoenen aanhouden', voegt hij er grappend aan toe.

Ik bloos. Die man moet mijn aarzeling bij het binnenkomen hebben opgemerkt. In films en op tv zien die piercingstudio's er steevast groezelig, zelfs een beetje luguber uit.

'Wat kan ik voor jullie doen?'

De man is gekleed in een mouwloos T-shirt. Op zijn bovenarm spert een kanjer van een draak onheilspellend zijn muil open. In zijn rechterwenkbrauw zitten drie piercings in een trosje bij elkaar. Het geeft hem, ondanks zijn kleine gestalte en zijn fletse, lispelende stem, een stoere uitstraling.

'Ik wil een navelpiercing', zeg ik.

'Dat is geen probleem. Hoe oud ben je?'

'Veertien.'

De man keurt mij van kop tot teen. Ik word er ongemakkelijk van.

'Je ziet er ouder uit', zegt hij.

'Dat zeggen er wel meer.'

'Spijtig, maar in dat geval kan ik je niet onmiddellijk helpen. Bij klanten onder de zestien eisen wij dat minstens één van de ouders aanwezig is. En een identiteitskaart is uiteraard verplicht.'

'Wij wilden alleen maar wat inlichtingen, meneer', haast Johan zich. Hij staat vlak naast mij met zijn handen diep in zijn zakken. Ik vind hem wel stoer.

De man achter de toonbank steekt het puntje van zijn tong tussen de lippen. Een glinsterend steentje hapert aan zijn tanden. Voor mij geen tongpiercing, van mijn leven niet, denk ik.

'Wat wilden jullie nog weten?'

'Doet het pijn?' hoor ik Johan vragen.

Kleinzerige Johan, denk ik geamuseerd.

'Het duurt maar een vingerknip. Hup... en de naald is er door. Een prik van de tandarts is veel erger. Geen enkel probleem, dus.'

'Ik drink wel een Breezer voor ik kom', lach ik.

De man is plotseling een en al ernst.

'Dat zou ik niet doen', zegt hij haast bezwerend. 'Alcohol vermindert je beoordelingsvermogen en je kan moeilijker stilzitten.'

Hij pauzeert even alsof hij er absoluut zeker van wil zijn dat zijn woorden doordringen. Daarna gaat hij op eenzelfde belerend toontje verder:

'Je bloed wordt dunner, waardoor de wond langer kan blijven bloeden. In het slechtste geval moeten we de piercing weer verwijderen.'

'Bij mijn vriendin is de wond ontstoken. Is dat erg?' vraag ik.

'Dat hangt er vanaf. Heeft ze die piercing al lang?'

'Bijna een maand, denk ik.'

'In dat geval is er niets alarmerends aan. Voor een navelpiercing duurt het genezingsproces al vlug enkele maanden. Ontstekingen kunnen onstaan door een slechte hygiëne of door scheurtjes die veroorzaakt worden door teveel aan de wond te trekken. Of door slecht materiaal. Maar daar is bij ons geen kans op', voegt hij er zelfverzekerd aan toe.

Ik slik bijtijds de woorden in die al vooraan op mijn tong liggen. Die vent moest eens weten dat Kaat die piercing in zijn winkel heeft laten zetten. Ik kan me niet voorstellen dat het bij Kaat aan de hygiëne ligt. Die is zo schoon op zichzelf! En oprekken zie ik haar ook niet meteen doen. Het moet dus bijna wel aan het materiaal liggen...

'Onze leraar zedenleer beweert dat er evenveel aidsbesmettingen komen door tattoo's en piercings als door de spuiten van druggebruikers', zegt Johan.

Voor het eerst lijkt de verkoper zijn geduld te verliezen. In zijn slaap, net onder het trosje sieraden in zijn wenkbrauw, trilt een gespannen ader.

'Wat een larie!' roept hij vertwijfeld uit. 'Wij steriliseren al ons materiaal en gebruiken onze naalden maar één keer. Mensen zouden zich beter eerst informeren voor ze zulke flauwekul uitkramen.'

'Sorry', mompelt Johan tussen zijn tanden.

'Kun jij niks aan doen, man', sust de verkoper. 'Maar, eerlijk, het is toch godgeklaagd. Wij proberen zo veilig mogelijk te werken, en dan krijg je dit! Als wij één geval van aids zouden veroorzaken, kunnen wij ons handeltje wel sluiten. Dat begrijpen jullie toch? '

'Ja, ja, natuurlijk, mijnheer. Mag ik nog weten hoeveel het kost?'

De man haalt zijn schouders op. 'Dat varieert. Maar laten we zeggen... roken jullie?'

'Ik wel', bloos ik, verbaasd over de plotse vraag. 'Waarom?'

'Eén maand zonder sigaretten en je hebt genoeg gespaard voor een prachtig juweel.'

'Echt? Ik dacht dat het duurder zou zijn.'

'Soms geef ik ook krediet', grijnst de man. 'Dat is geen probleem.' Weer priemt zijn tongpiercing tussen zijn lippen. Ze lijkt minder te fonkelen dan daarstraks.
De man kijkt op zijn horloge.
'Bijna acht uur. Neem me niet kwalijk, ik ga de boel sluiten. Als jullie nog wat willen weten, kom dan maar eens terug.'
'Dank u wel, meneer.'
'Graag gedaan, hoor. En stuur die leraar eens langs. Als ik hem de nodige uitleg heb gegeven zal hij wel anders praten!'

We zijn de deur van de winkel nog niet uit of de lichten achter ons worden gedoofd. Alleen de groene neonreclame, in de vorm van een naakte vrouw, blijft mogelijke geïnteresseerden lokken. We snorren weg.
'Die kerel was duidelijk op zijn pik getrapt', roept Johan over zijn schouder.
Ik knijp hem vrolijk tussen de ribben. Johan trekt zich bruusk weg. We maken een gevaarlijke zwenking.
'Pas toch op, straks vallen we nog', schreeuwt hij.
'Dat was de straf voor je taalgebruik', roep ik speels in zijn oor.
'Pik of teen, dat is geen probleem', imiteert Johan de verkoper.
We gieren het uit.

'Ga je nog mee naar binnen?' stel ik voor.
'Ik heb nog een hele rit voor de boeg.'
'Eventjes maar, de tijd voor een drankje.'
'Ik zou echt liever terugrijden. Wanneer zie ik je weer?'
'Weet ik nog niet. Binnenkort ga ik naar mama. Ik mail je nog.'

'Okido.'

Plotseling bukt Johan zich voorover en voor ik besef wat er gebeurt, drukt hij een natte zoen op mijn lippen. Ik proef honing. Zelfs als hij de straat al uit is, voel ik de tinteling door mijn aders roetsjen. Van die piercing ben ik nog niet overtuigd, maar Johan wil ik niet meer missen.

De deur valt achter me dicht. Het doosje in mijn hoofd, waarin alle nare gedachten veilig waren opgeborgen, klapt weer open. Het lijkt alsof ze na enkele uren rust weer aan de slag kunnen. Morgen is er die confrontatie met Andres in *Het Ruziekot*. Als dat maar goed afloopt.

Twaalf

'Zenuwen?' vraagt Tine.

'Al minder nu jij er bent.'

'Je zult zien dat het wel los loopt, Laura.'

'Was Andres het ermee eens dat jij moderator bent?'

'Hij maakte er geen punt van. Toch heb ik voor alle zekerheid Greet erbij gevraagd.'

Tine wijst met haar kin in de richting van het meisje tegenover haar.

'Heb je lang met hem gepraat? Wat zei hij?'

'Hooguit vijf minuten. Wat gezegd werd, blijft tussen ons. Sorry.'

Ik knik. Ik begrijp best dat Tine onpartijdig moet zijn. Anders heeft die *Peer Mediation*, zoals ze de leerlingenbemiddeling met een geleerd woord noemen, helemaal geen zin. Ik weet niet of het hoe dan ook iets uithaalt. Daagt Andres wel op? Hij is al tien minuten te laat. Heel even moet ik aan Johan en aan die onvergetelijke dag van gisteren denken. Jammer dat er op dit ogenblik van dat heerlijke gevoel niets meer overblijft. Ik voel me als een drenkeling zonder zwemvest.

Greet kijkt op haar horloge.

'We wachten nog vijf minuten', beslist ze. 'Is hij er dan nog niet, dan blazen we de zaak af.'

We zitten in een kleine kamer naast het kantoor van de directeur. Op een tafel, vier stoelen en een wastafel met daarboven een spiegel na is het lokaal leeg. Een tl-lamp aan het plafond zorgt voor een helder wit licht. De al geladen sfeer wordt er alleen maar drukkender door.

De deur zwaait open. Andres duikt hijgend naar binnen. 'Sorry', grijnst hij. 'Ik was het bijna vergeten. Mag je hier roken?'

'We zijn op school, Andres. Je kent het reglement.'

'Nou goed, ik dacht... Ik heb wel zin in een trekje. Jij niet, tante?'

Ik voel mijn hoofd tussen mijn schouders zakken. Dat hooghartige toontje van Andres belooft niet veel goeds.

Andres gaat naast Tine zitten, tegenover mij. Hij kijkt me recht in de ogen. Ik heb het gevoel dat zijn blik doordringt tot in mijn buik. Toch slaag ik erin mijn ogen niet af te wenden. Hij moet niet denken dat ik me laat bedonderen, denk ik strijdlustig. De geruststellende glimlach van Tine doet mijn vertrouwen toenemen.

Greet neemt de leiding van het gesprek. Tine noteert.

'Voor we starten wil ik nog enkele regels duidelijk maken. Een goed gesprek is afhankelijk van de juiste afspraken. Akkoord?'

Andres leunt ontspannen achterover. Ik knik alleen maar.

'Het is niet de bedoeling dat er aan het einde van het gesprek een schuldige wordt aangeduid. Wij zijn geen rechtbank', gaat Tine verder.

'Gelukkig maar', schampert Andres.

Greet negeert zijn opmerking.

'We nemen ook geen stelling. Jullie praten met elkaar. Het beste is dat Tine en ik zo weinig mogelijk bij het gesprek betrokken worden. Vanzelfsprekend kunnen jullie op onze zwijgplicht rekenen.'

'Absoluut zeker?' vraagt Andres streng.

'Geen woord van wat hier gezegd wordt, lekt naar buiten.'
'Wat een opluchting.' Nu klinkt hij weer spottend.
'We rekenen er ook op dat jullie elkaar geen verwijten naar het hoofd slingeren. Daarmee schieten we niets op. Probeer jullie gedachten en gevoelens zo duidelijk mogelijk te verwoorden. Het is ook niet de bedoeling om rond de pot te draaien. Zeg gewoon waar het op staat.'
'En ook geen spottende of beledigende opmerkingen', voegt Tine eraan toe.
'Ik zou niet durven', lacht Andres.
'Misschien doe je het onbewust. Toen je Laura daarnet *tante* noemde, heb ik niet onmiddellijk gereageerd. In feite was dat een kwetsende opmerking. Dat kan niet, snap je?'
'Kom zeg, dat was toch als grapje bedoeld.'
'In dat geval was het een misplaatste grap. Met zulke opmerkingen lok je agressieve reacties uit.'
'Oei, nu maak je me bang', spot Andres weer.
Meer en meer krijg ik de indruk dat hij deze *bemiddeling* niet serieus neemt. Voor hem lijkt het een spelletje. Zo wordt het nooit wat. Ik heb erg veel zin om er de brui aan te geven. Gelukkig hebben Tine en Greet meer ervaring met dit soort situaties. Zij laten zich niet uit het veld slaan.
'Goed, dan kunnen we nu starten', zegt Greet. 'Eerst krijgen jullie allebei vijf minuten om elk apart je verhaal te doen. Daarna proberen wij een discussie op gang te brengen. Hopelijk komen we ook tot een oplossing.'
'Daar twijfel ik niet aan', zegt Andres, deze keer bloedernstig. Tine beloont hem met een glimlach.
'Wie bijt de spits af?' vraagt ze.
'Ik zou niet weten waarover ik moet beginnen. Ik heb geen enkel probleem. Laat Laura maar starten. Dan weet ik meteen waarover het gaat.'

'In een conflict zijn er altijd twee partijen', zegt Tine. Hoor ik daar enig verwijt in haar stem? Ik krijg geen tijd om er over door te denken. Tine gaat onverstoorbaar door. 'Maar, je hebt gelijk, Andres. Laura heeft het probleem aangekaart. Zij kan het beste eerst vertellen wat haar op de lever ligt. Ga je gang, Laura.'

Ik heb het gevoel alsof ik voor een hele klas sta en geen woorden vind om mijn spreekbeurt te beginnen. Gedachten en gevoelens botsen in mijn hoofd als balletjes in een flipperkast. Weer snelt Tine me te hulp.

'Vertel eens wanneer je Andres voor het eerst hebt ontmoet', stelt ze voor.

De bus – sigarettenrook – Lonsdale girl – een woedende chauffeur – Steven Wijsmantel.

Als bij toverslag rijgen de gedachten in mijn hoofd zich aaneen. Het ene woord zet het andere in beweging. Als een sliert vallende dominosteentjes rollen ze uit mijn mond. Andres zit me de hele tijd geamuseerd aan te kijken, alsof hij in het hele verhaal geen rol speelt. De vijf minuten vliegen voorbij.

Nu de spits eraf is, voel ik me zekerder van mijn stuk. Ik kijk belangstellend uit naar Andres' reactie.

'Jouw beurt, Andres.'

'Wat moet ik daar op zeggen?' vraagt hij. 'Alles wat zij beweert is fantasie.'

'Fantasie!?' vaar ik uit.

'Rustig, Laura, straks mag je reageren. Andres heeft jou laten praten, nu krijgt hij de tijd.'

'Ik heb geen tijd nodig. Ziekelijke verbeelding, dat is het', foetert Andres, terwijl hij nog steeds nonchalant achteroverleunt.

'Bedoel je dat ik lieg?' roep ik uit.

'Zo kan je het ook noemen.'

'Nu nog mooier! Het is wel makkelijk om je er op zo'n manier vanaf te maken. Dan hadden we onze tijd beter kunnen gebruiken.' Mijn stem slaat over. Nog even en ik ga janken. Dat pleziertje gun ik hem niet. Ik ga er nog liever vandoor. Boos schuif ik mijn stoel achteruit en duw mezelf overeind aan de rand van de tafel.

'Zien jullie dat? Is dat praten? Als ze haar zin niet krijgt, gaat ze lopen', hoont Andres.

'Ga nog even zitten, Laura', sust Tine. Ze kijkt me bijna smekend aan.

Zuchtend laat ik me weer op mijn stoel ploffen.

Tine bladert in haar aantekeningen.

'Je bent blijkbaar van mening dat Laura de hele zaak opklopt, Andres. Dat kan best. Het is echter ook mogelijk dat dingen die jij als onbenullig beschouwt, voor haar juist heel belangrijk zijn.'

'Wat kan ik daaraan doen?' Opnieuw speelt Andres de vermoorde onschuld.

'Je zou er rekening mee kunnen houden.'

'Pfff…'

Tine richt zich weer tot mij.

'Probeer nu eens duidelijk te maken aan Andres wat je het meeste dwarszit, Laura.'

'Die voortdurende verwijten!' vaar ik uit. 'Tante nonneke, fotomodel,…kun je me niet gewoon bij mijn naam noemen?'

'Dat heb ik net gedaan. Als dat alles is?'

'Je bent gewoon kwaad omdat ik je verklikt heb, dat is het.'

'Leuk is anders.'

'Voor Steven was het nog minder leuk.'

'Die nerd…'

'Kijk, dat bedoel ik nou. Je beoordeelt iedereen volgens je eigen normen. Als iemand niet in je kraam past of naar je pijpen danst, begin je te pesten.'

'Pesten?'

'Maar, man, dat is toch zo. Je gooit me zomaar van de bus, je maakt me belachelijk voor iedereen en je kraakt mijn computer.'

Andres gooit schaterlachend zijn armen in de lucht.

'Als je dat al kraken noemt! Ik heb er gewoon een mooie *screensaver* opgezet. Kraken is wat anders, meisje.'

'Ik vond het anders behoorlijk vervelend.'

'Echt? Ik dacht dat je het leuk zou vinden. Zal ik eens iets zeggen? Ik had net zo goed een virus in je mailbox kunnen droppen. Heb ik dat gedaan?'

'Je zou het kunnen doen, zeg je zelf.'

'Heb ik het gedaan?' herhaalt Andres.

'Nee.'

'Waarover maak je je dan zorgen?'

'Je hebt me bang gemaakt.'

'Bang?'

'Je zou mijn hele pc om zeep kunnen helpen.'

'Ik ben niet gek. Ik wil de politie niet op mijn dak. Ze houden mij al in de gaten. Ik...'

Andres slikt de rest van zijn woorden in en gaat verder op een milder toontje.

'Weet je wat je doet? Je verwijdert die foto en alles is vergeten. Ik raak je pc niet meer aan. Beloofd.'

Tine en Greet wisselen een vlugge blik.

'Dat vind ik een eerlijk voorstel, Laura. Jij niet?' vraagt Greet.

Greet heeft gelijk. Het lijkt of Andres eindelijk inziet dat hij hier en daar wel degelijk fout zit. Of heeft dat met die opmerking over de politie te maken? Zou het waar zijn dat ze hem volgen? Nou ja, ik breek er mijn hoofd niet over. Dit is het juiste moment om dat voorval met Roxanne en die valse mail aan te snijden.

'Ik weet niet over welke mail je het hebt', bitst Andres.
'Dat weet je best! Ik heb hem nooit gekregen, Roxanne wel.'
'Oh, die… Ik wist niet dat jij…'
Ik gooi de uitgeprinte mail voor Andres' neus op tafel. Hij
doet geen moeite om te lezen. Tine en Greet wel.
'Het was niet de bedoeling dat jij hem kreeg. Ik heb hem niet
naar jou gestuurd.'
'Rox was razend.'
'Dat was precies wat ik wilde.'
'Hoezo?' stamel ik.
'Ik wilde haar haar kwaad maken. Ik ben dat wijf zat.'
'Er zijn andere manieren om haar dat duidelijk te maken.'
'Ga je me nu ook nog zeggen wat ik moet doen of laten?'
Andres leunt niet langer tegen de leuning van zijn stoel. Hij
buigt zich voorover, bijt op zijn tanden en in zijn mondhoek
trilt een zenuw.
Greet komt haastig tussen.
'De relatie tussen Roxanne en Andres moet hier niet ter spra-
ke komen, Laura. Het gaat over jullie.'
'Roxanne heeft de banden van mijn fiets leeg laten lopen!'
roep ik.
'Wat heb ik daar, verdomme, mee te maken! Ik zei het al, die
Rox kan me gestolen worden. Ik heb die mail alleen gestuurd
om haar op stang te jagen.'
'En mij ook! Dat is je aardig gelukt, moet ik zeggen.'
Het blijft stil, alsof iedereen de tijd nodig heeft om alles even
te laten bezinken. Hoe graag ik Andres ook zou geloven en
de hele affaire af zou doen als een misverstand, zoals hij
beweert, het lukt me niet. Diep in mijn binnenste blijft een
waarschuwingslampje aan en uit flikkeren.
Greet kijkt op haar horloge.
'Hemeltje, zo laat al', roept ze uit. 'Ik denk dat we het voor

vandaag hierbij moeten laten. Kunnen we conclusies trekken? Wat spreken we af?'

Andres noch ikzelf reageren.

'Zal ik een voorstel doen?' vraagt Greet.

'Ga je gang', zegt Andres. Hij heeft zijn gebruikelijke flair teruggevonden.

'Als ik het goed begrepen heb, geeft Andres toe dat er wel degelijk een aantal dingen zijn fout gelopen.'

Andres wil Greet onderbreken maar ze legt hem met een beslist gebaar het zwijgen op.

'Waarschijnlijk heeft hij het niet altijd zo bedoeld, maar het is een feit dat Laura zich verschillende keren aangevallen, zelfs bedreigd heeft gevoeld. Ook als Andres zich daarvan niet bewust was, blijft dat ontoelaatbaar. Gelukkig heeft hij nu ingezien dat hij soms iets te impulsief te werk gaat. Hij heeft zich verontschuldigd en Laura heeft zijn excuses aanvaard.

Laura van haar kant zal in de toekomst haar best doen om niet zo lichtgeraakt te zijn en de zaken niet op hun beloop te laten.

Het is niet de bedoeling dat jullie nu vrienden worden, maar wederzijds respect is wel noodzakelijk.

Ik stel voor dat jullie, zodra er iets gebeurt waarbij de een of de ander zich onprettig voelt, weer een beroep op ons doen. Wat denken jullie ervan?'

'Voor mij is het oké. Kan ik nu gaan?' zegt Andres. 'Den Bolle neemt het niet wanneer je te laat komt in zijn les.'

'En jij, Laura?'

'Ja, dat is goed.'

'Mooi! Dan stel ik voor dat jullie, om de afspraken te bezegelen, elkaar de hand drukken.'

Andres, die al op weg is naar de deur, keert op zijn stappen terug en kust me onverhoeds op de wang. Lachend maakt hij zich daarna uit de voeten.

Het is een judaskus, ik voel het.

Dertien

Papa probeert me te overtuigen om de trein te nemen. Hij wijst bezorgd naar de donkerblauwe, haast zwarte onweerswolken die zich in het westen samenpakken.

'Het is meer dan een uur fietsen', dringt hij aan.

'Ik houd van fietsen. Je hebt toch geen fiets voor me gekocht om hem in de schuur te laten staan? Het is een goede training.'

'Neem dan een regenpak mee', geeft papa zich gewonnen.

Die raad volg ik op.

Ik stuur nog snel een sms-je naar Kaat en eentje naar Johan. Tien minuten later ben ik onderweg.

Op het kruispunt, vlakbij de bushalte, moet ik vaart minderen voor een oud vrouwtje op het zebrapad. De oma van Tine! Ze heeft mij ook herkend. Midden op de rijbaan blijft ze staan.

'Tine heeft me verteld dat jullie ook naar Coldplay gaan', roept ze. Haar stem klinkt een beetje schor. Misschien is ze verkouden. Een auto jaagt haar toeterend het trottoir op.

'Volgende week!' roep ik. Ik betwijfel of ze mij heeft gehoord.

Ik krijg gelijk. Papa heeft zich te vlug zorgen gemaakt. Ik nader het station en er is nog geen spatje regen gevallen. Ik beeld me in dat de geur van Johan nog rondzweeft op het plein. Zou hij op tijd komen? Ik vind het wel raar dat hij mijn bericht niet heeft beantwoord. Maar och, zijn gsm kan uit staan.

Ik zet mijn fiets weg en ga tegen dezelfde lantaarnpaal zitten als die keer toen Johan midden in de nacht zo onverwacht de zon liet schijnen.

De klok aan de voorgevel van het stationsgebouw, vlak boven de ingang, wijst kwart over elf aan. Ik stuur een tweede bericht. *Hé, Johan, kom je? Ik moet tegen de middag bij mama zijn.* Mijn vingers vinden de toetsen blindelings. Tegelijk speur ik naar zijn silhouet.

Johan daagt niet op. Erger, er komt ook geen antwoord. Als hem maar niets overkomen is. Resoluut duw ik die dwaze gedachten weg. Sinds het gesprek in *Het Ruziekot* voel ik me een beetje zweverig. Het telefoontje van gisteren met mama, die heerlijk opgewekt klonk, gaf me ook een zetje in de goede richting. Voor het eerst sinds ik bij papa woon, voel ik me lekker in mijn vel. Die kleine tegenvaller met Johan kan de pret niet drukken. Hij zal wel een goede reden hebben. Ik hoor hem straks wel. Toch voel ik me wat teleurgesteld als ik weer op de fiets spring en naar *huis* rijd.

'Hé, ga je er vandoor?' Een knetterende brommer snijdt me de pas af.

Ik knijp de remmen van mijn fiets zo hard dicht dat mijn voeten van de trappers glijden. Ik kan me met moeite overeind houden.

'Johan! Ik ben blij dat je er bent', lach ik opgelucht. 'Je hebt mijn berichtjes niet beantwoord.'

'Mijn gsm is gejat', grijnst Johan. Zijn staartje wipt ondeugend op en neer in zijn nek. Hij heeft zijn skaterbroek geruild voor een strakke jeans, die lekker om zijn kontje spant.

Wat onwennig trekt Johan me tegen zich aan. Zijn lippen

prevelen lieve woordjes in mijn hals, zijn hand glijdt op en neer over mijn rug. De kriebels in mijn buik steken de kop weer op.

'Ik vind het leuk je weer te zien.' De ietwat plechtige klank in zijn stem doet me lachen.

'Lach je me uit?' plaagt hij.

'Gekkie!'

Ik geef hem een ferme por tussen de ribben.

'Ik moet gaan, Johan. Mijn moeder wacht.'

'Zenuwen?'

'Een beetje, maar het gaat wel. Aan de telefoon klonk ze wel aardig. Ik denk niet dat ze deze keer moeilijk gaat doen.'

'Het loopt wel los. Met die Andres is het uiteindelijk toch ook goed gekomen, ja toch.'

'Ik hoop het.'

Johan legt een arm om mijn schouders. Wat raar dat het me nu pas opvalt hoe groot hij is. Mijn hoofd past perfect in zijn oksel.

'Heb je het al gevraagd aan je pa?'

'Wat?'

'Van die piercing.'

'Ho, dat! Nee joh, ik wacht op het juiste moment. Vind je het erg?'

'Erg? Waarom zou ik? Voor mij ben je nu al de mooiste.'

'Wat lief', stamel ik. Ondertussen bedenk ik dat ik helemaal nog niet zeker weet of ik die piercing wel wil.

Ik druk me nog wat steviger tegen Johan aan. De spieren in zijn borst staan gespannen onder zijn T-shirt. Ik voel zijn hart bonzen. Een zalige warmte zindert door mijn lijf. Ik wou dat ik de tijd stil kon zetten. Maar ja, ik moet echt weg. Het is de hoogste tijd.

'Zie ik je morgen?' vraag ik hoopvol.

'Natuurlijk.'

'Hoe spreken we af? Bij mama heb ik geen pc en jij hebt geen gsm.'

Johan tovert onmiddellijk de perfecte oplossing uit zijn hoed.

'Jij belt Kaat. Zij kan me mailen.' Er zit een ijdel toontje in zijn stem.

'Zal ik met je meerijden?' stelt hij vervolgens voor.

'Leuk.'

'Pak mijn arm maar, dat gaat sneller. '

'Dat is verboden.'

'Pfff...Vloeken mag ook niet. Kom op, pak vast.'

In minder dan geen tijd zijn we er. Johan drukt een vluchtige kus op mijn wang en gaat er vandoor. Ik kijk hem na met een mengeling van trots en verlangen in mijn botten.

'Hé, zussie, eindelijk!'

Shana komt het huis uitgerend en valt me om de hals.

'Wie was die skater? Je vriendje?' vraagt ze na een uitgebreide knuffel.

Ik voel een blos naar mijn wangen stijgen en verander snel van onderwerp.

'Je ziet er goed uit. Je bent gegroeid', zeg ik klunzig.

Shana is bijna twee jaar jonger dan ik en nu al een halve kop groter.

'Vind je? Jij ook, hoor, de verliefdheid druipt van je smoel.'

'Pestkop! Is mama thuis?'

'Wat dacht je? Dat ze me alleen thuis zou laten? Laura, hoe kom je erbij', doet Shana gemaakt verontwaardigd.

Ik doe een poging om haar, zoals vroeger, bij haar haren te grijpen, maar ze glipt als een aal door mijn vingers.

'Mama is weer beter', zegt ze plotseling ernstig.

'Dat is goed nieuws.' Ik meen echt wat ik zeg.

'Ze komt er stilaan overheen, Laura. Het wordt tijd, hè. Zoals het hier de laatste weken liep, kreeg ik er al dik spijt van dat *ik* niet voor papa had gekozen.'

'Nu niet meer?'

'Nee, ze is veranderd.'

We lopen samen naar binnen. Ik merk niet eens dat het is beginnen te regenen.

Mama lacht.

Het is een eerlijke lach, die tegelijk een verontschuldiging en een belofte inhoudt. Ze houdt mijn hand vast.

'Je bent vermagerd', zegt ze. Haar vingers tasten als voelsprieten. Ik vind het niet onaangenaam.

'Eet je wel voldoende?'

'Papa kookt elke dag.'

Mama laat abrupt mijn hand los. Eén tel vrees ik dat mijn ondoordachte opmerking de sfeer weer gaat bederven, maar de lach blijft op haar gezicht gebeiteld staan.

'Toch denk ik dat je nu wel honger hebt', zegt ze. 'Wat dacht je van konijn met pruimen?'

'Hé, mijn lievelingskostje.'

'Zie je wel.'

Mama gaat me voor naar de keuken. Ik krijg de kans haar wat beter te bekijken. Ze ziet er echt goed uit. Je kunt zien dat ze naar de kapper is geweest. Ze heeft oogschaduw op en haar lippen zijn lichtroze gestift. Haar rok komt nauwelijks tot aan haar knieën en ze beweegt ook anders, sierlijker. Ik wou dat papa haar zo kon zien. Als je het leeftijdsverschil wegdenkt, is ze even mooi als Gisèle.

'Bah, konijn, ik eet nog liever droog brood', pruilt Shana.

'Geen probleem. Er is brood genoeg.'

Shana trekt haar neus op.

'Bij Shelly zijn er frieten vandaag. Ik ga daar eten', beslist Shana.

'Nu?' schrik ik. Laat ze mij dan weer alleen met mama?

Shana merkt mijn aarzeling op.

'Ik blijf niet lang weg', sust ze. 'Trouwens, ik heb nog een telefoonkaart van je tegoed, hè zus?'

'Die heb ik nu niet bij me.'

'Je hebt het beloofd!'

'Sorry, ik ben het heus niet vergeten, hoor.'

'Pfff... Wanneer je straks weg bent, duurt het vast weer weken voor je nog eens terugkomt.' Misschien bedoelt Shana het niet zo, maar het klinkt toch als een verwijt. Ik antwoord niet.

Shana vertrekt. Mama doet geen moeite om haar tegen te houden.

'Ze is meer weg dan thuis', klaagt ze.

Ik hoop dat mama niet weer gaat zeuren. Gelukkig is die vrees ongegrond.

Na een heerlijke maaltijd – niemand kan zo lekker konijn klaarmaken als mama – doen we samen de afwas.

'Er is uitverkoop bij *Maxi's en Mini's*, heb je zin om mee te gaan?' stelt mama voor.

'Wat wil je kopen?'

'Misschien vinden we wel iets voor jou', glimlacht mama.

'Leuk.'

'Wat voor soort kleren draagt Gisèle?'

Haar vraag verrast me. Mama spreekt de naam van Gisèle ook zo raar uit. Het lijkt alsof ze op de letters kauwt.

'Heu... modern, nogal strak', zeg ik voorzichtig. Eigenlijk bedoel ik gewaagd, opzichtig, op het randje van uitdagend. Dat zeg ik natuurlijk niet.

Mama verwacht blijkbaar geen verdere uitleg. Gisèle was alleen maar de aanleiding om het gesprek een bepaalde kant op te sturen.

'Ik ben blij dat je teruggekomen bent', zegt mama luchtig.

'Wij zijn niet gescheiden, hè.' Met opzet imiteer ik de woorden van papa. Ik weet zeker dat ze mama plezier doen.

'Nee, wij niet', zegt mama haperend. 'Het spijt me dat ik vorige keer zo vervelend deed. Het is niet jouw schuld dat papa is weggegaan. Ik heb er al veel over gepiekerd, weet je.'

'Het heeft geen zin om naar schuldigen te zoeken. Misschien moest het wel zo gaan.' De woorden wegen veel te zwaar in mijn mond. Daardoor gaan ze hol klinken.

'Misschien...', prevelt mama.

Ik ga dicht bij haar staan. Ze heeft parfum op. Dat heb ik vroeger nooit geroken.

'Ik ben blij dat je niet meer boos op me bent omdat ik bij papa ben gaan wonen', fluister ik in haar oor.

'Ik ben nooit kwaad geweest, alleen triest. Maar kom, zand erover, je blijft mijn dochter.'

'En jij mijn moeder.'

Mijn gsm rinkelt. Ik vind hem niet meteen. Het ding lijkt zich boos te maken. Het gaat steeds luider roepen. Dan merk ik dat mijn tasje bijna van de tafel trilt. Het is Kaat. Jeetje, wat is ze opgefokt!

'Ik moet je dringend spreken, Laura.'

'Dat kan nu niet. Vanavond, misschien. Mama en ik gaan naar *Maxi's en Mini's*.'

'Het is echt belangrijk. Je moet onmiddellijk komen.'

'Zeg dan wat er is.'

'Dat kan niet over de telefoon. Ik moet je wat laten zien.'

Mama is naast mij komen staan. Ik leg mijn hand op mijn mobieltje.

'Het is Kaat. Ze wil me iets laten zien.'

'Wat dan?'

'Dat wil ze niet zeggen.'

'Geef haar eens.'

Voor ik er erg in heb heeft mama mijn gsm vast.

'Hallo, Kaat, met Laura's moeder. Wat is er zo dringend dan?'

'Ik moet Laura iets laten zien.'

'Kan dat niet wachten?'

'Nee.'

'Je klinkt erg opgewonden, meid. Toch geen moeilijkheden thuis of zo?'

'Nee, nee, ik heb hier iets dat Laura zo snel mogelijk moet zien.'

'We gingen net shoppen.'

'Het duurt nog geen uurtje.'

'Nou, goed dan. Hier is Laura weer.'

De telefoon verhuist weer. Ik kijk verontschuldigend naar mama. Ze knikt.

'Ik kom', zeg ik kort en klap het toestel dicht.

'Sorry, mams, ik ben zo vlug mogelijk terug. Of zal ik recht-streeks naar *Maxi's en Mini's* komen?'

'Doe dat, dan neus ik ondertussen al wat rond. Ik hoop dat het niks ernstigs is. Kaat leek echt de kluts kwijt.'

'Zo is ze anders nooit.'

'Juist daarom!'

Ik kan niet snel genoeg bij Kaat komen. Ik trap als een gek. Misschien heeft het wat met Johan te maken. Deed ze daar-om zo geheimzinnig. Op de hoek van de Kastanjelaan kan ik slechts op het nippertje een auto ontwijken die van rechts komt. De bestuurder is razend. Mijn enige reactie is dat ik nog harder doortrap.

Kaat staat mij al op te wachten. Ze sleurt me haast van mijn fiets en neemt me mee naar haar kamer. Ik krijg niet eens de kans om haar ouders te groeten.

'Waarom heb je me die mail gestuurd? Ben je gek geworden?' vaart Kaat uit. Ze neemt niet de moeite om haar kamerdeur te sluiten. Ze is echt door het dolle heen. Als ik nu eens zou weten waarom!

'Ik heb helemaal niets gestuurd', zeg ik.

'Doe niet zo flauw, Laura. Ik vind dat niet om te lachen.'

'Zeg dan wat er is, verdomme!'

'Die naaktfoto! Je bent net een slet!' roept Kaat uit.

'Wát?'

Kaat drukt me met de neus haast in de pc. Ik bevries ter plekke. Daar sta ik dan: poedelnaakt, één hand op mijn borst, de andere in mijn nek.

'Je moet wel gek zijn om je zo te laten fotograferen. Wie heeft die gemaakt?' briest Kaat.

'Maar…'

'Foto's op het internet gaan de hele wereld rond. Dat besef je toch!?'

Natuurlijk besef ik dat. Ik begrijp alleen niet hoe mijn foto daar terechtkomt. En dan nog zó! Opnieuw bekijk ik de foto. Opeens gaat er een lichtje flikkeren in mijn hoofd.

'Dat ben ik niet!' krijs ik vol afschuw.

'Ik zou zweren van wel.'

'Dat zijn mijn borsten niet. Het is mijn gezicht met het lijf van iemand anders.'

'Meen je dat?'

'Kijk zelf!'

Ik trek mijn truitje omhoog, schuif mijn beha opzij en toon Kaat de wijnvlek vlak onder tepel van mijn linkerborst. Kaat ploft neer op een stoel.

'En ze hebben ook een andere vorm. Mijn borsten zijn ronder, niet zo spits.'

'Sorry, Laura. Wie heeft je dat gelapt?' zucht Kaat uitgeput en beschaamd.

Lang hoef ik niet na te denken.

'Andres!'

'Die kerel van de bus? De smeerlap! Je moet dit aangeven bij de politie.'

Mijn hoofd tolt. Andres heeft een foto van mij uit mijn pc geplukt en die boven op het naakte lijf van een of andere babe geplakt. Je moet maar durven! *Fotomodel. The Maniacs. Met computers kun je alles tegenwoordig.*

'Hij heeft het dan toch gedaan', stamel ik.

'Wat?'

'Mijn pc gekraakt!'

'En je hele adresboek erbij. Wie weet naar wie hij die foto's allemaal heeft rondgestuurd.'

Veertien

Ik ben niet naar *Maxi's en Mini's* gefietst. Ik heb mama ook niet gebeld Ik kon het niet! Wat moest ik zeggen? Je dochter staat in haar nakie te kijk voor de hele wereld?

De straat glimt. Waterspetters slaan in mijn gezicht. Ik fiets niet, ik race. Ik vlucht voor blikken, voor vragen, voor verwijten, voor mezelf. Opnieuw heb ik mama zomaar in de steek gelaten.

Het zachte zoeven van de ketting zeurt verwijtend in mijn hoofd: ss… ssss… sssslet, ss… ssss… ssslet. Je bent een slet! Andres heeft me belazerd. En mij niet alleen! Met onze ogen wijd open zijn we in de val getrapt. Die foto heeft hij natuurlijk al lang vóór het gesprek met Tine en Greet bewerkt. Misschien deed hij al de ronde in de paardenstal van Roxanne. Toch liet Andres ons geloven dat hij het eerlijk meende met die zogenaamde verzoening. Maar mijn akelige voorgevoel toen hij me die kus op mijn wang gaf, was dus terecht. Het was een en al komedie.

Ik passeer de Beekse plas. Ongewild minder ik vaart. Ik voel Johan in mijn hoofd meerijden. Hij wijst de weg. Het donkere water lokt me als een magneet. Verdwaasd ga ik in de natte berm zitten. Ik voel het vocht door mijn broek langs mijn rug omhoog kruipen. De kou verdooft me. De futen zijn nergens te bespeuren. Ik ben alleen. En ik heb pijn. Het lijkt of iemand glasscherven in mijn maag heeft gestopt. Ik draai mezelf in een bolletje en ga liggen. De regen aait mijn wang, de hemel dekt me toe. Vergeten, denk ik. Slapen.

Ik hoor stemmen. Ver weg, omfloerst, alsof ze komen opborrelen uit een diepe put. Waar is het gras? Het water? De regen? Ik voel geen kou meer. Integendeel! Een hand veegt de zweetdruppels op mijn voorhoofd weg. Of is dat toch de regen?

'Ze beweegt! Ze komt weer bij bewustzijn', hoor ik papa zeggen. Er zit opluchting in zijn stem. Dachten ze dan dat ik dood was?

Ik voel vingers die als mieren over mijn lijf kruipen. Ik wil ze wegslaan. Stevige handen klemmen zich haastig rond mijn polsen.

'Niet vastbinden!' krijs ik.

'Rustig, meisje, alles komt goed', bromt iemand. Tevergeefs schraap ik over de bodem van mijn hersenen. Die diepe basstem vind ik nergens terug. Mijn hoofd lijkt leger dan een uitgebroed ei.

'Is het ernstig, dokter?' Papa weer!

'Een flinke longontsteking.'

'Gevaarlijk?'

'Met longen kunnen we niet voorzichtig genoeg zijn. Ernstig is het zeker, levensgevaarlijk niet direct. Als de antibiotica aanslaan, komt ze er snel weer bovenop. Anders moeten we haar opnemen in het ziekenhuis. Gelukkig is ze jong en sterk. Houdt u nog even haar handen vast?'

De naald in mijn achterwerk prikt tot in mijn tong.

'Geen piercing! Ik wil geen piercing in mijn tong.' Ik braak de woorden uit alsof ik de piercing zelf wil uitspuwen.

'Niet op letten, met die hoge koorts is het normaal dat ze ijlt', bast de dokter.

Hoge koorts? Dat moet een vergissing zijn. Ik kan me de tijd niet herinneren dat ik ooit koorts heb gehad.

'Ze heeft een lange kras op haar onderarm', merkt mama op. Hoe komt die daar?'

'*Maxi'x en Mini's*', stamel ik.

Papa legt een oor tegen mijn lippen.

'Wat zeg je?'

'We zouden gaan winkelen bij *Maxi's en Mini's*', legt mama uit. Plots weet ik het weer. Alles flitst door mijn hoofd: *Kaat, het telefoontje, de foto.*

'Die kras moet van haar fiets komen. Ze zal gevallen zijn.'

'Eigenaardige plek', bromt de dokter. 'Had uw dochter soms nog van die onverklaarbare schrammen?'

'Het is de eerste keer dat ik het opmerk.'

'Cola', stamel ik. Het lipje krast weer over mijn arm.

'Ze wil drinken', zegt mama.

'Ik haal wel wat.' Asjemenou, als dat Gisèle niet is!

'Water, geen cola', beslist de dokter. 'Water of thee, liefst een beetje lauw.'

Iemand helpt me overeind en drukt een glas water tegen mijn lippen. Ik drink gulzig.

'Mooi zo! Veel drinken voorkomt uitdroging bij koorts', legt de dokter uit. 'Nu, dan ga ik maar. Morgen kom ik weer langs. Ik verwacht geen complicaties. Als er toch iets gebeurt, bel me dan onmiddellijk, ook vannacht.'

'Dank u wel, dokter.'

Ik hoor voetstappen die zich verwijderen. Een deur kraakt open en dicht. Daarna wordt alles stil.

Ik zweef door de kamer en zie mezelf op het bed liggen. Zó bleek, schrik ik. Mijn adem piept. Mama zit links, Gisèle rechts. Papa staat aan het voeteneinde te zwijgen. Hé, daar

heb je Kaat ook. Ze prikt met punaises een foto tegen de deur. Met een plof val ik terug in bed en wip meteen overeind.
'Weg! Doe dat weg! Dat ben ik niet, kijk maar!'
Ik gooi de dekens weg en ruk mijn nachtpon omhoog. Mama duwt me terug in de kussens.
'We weten het, liefje. We weten alles.'
Alles? Wie heeft hen dat verteld? Ik wil Kaat roepen, maar de woorden blijven in mijn keel steken. Laat maar, misschien is ze al weg. Ze weten nu toch alles. Ik ben geen slet.
Gerustgesteld zeil ik weg in een onrustige slaap. Enkel *Frau Sylvia* komt me storen. Ze staat te praten met Tine en Greet. Het is duidelijk dat ze de secretaresse iets proberen uit te leggen. *Frau Sylvia* luistert niet echt. Vanachter een pilaar op het schoolplein gluurt Roxanne grijnzend naar het drietal. Haar *Lonsdale* shirt is besmeurd. Misschien is ze van haar paard gevallen.
De bel!
Voor iemand me kan tegenhouden, wip ik het bed uit en ren naar de deur. Papa vangt me op voor ik tegen de grond ga.
'Ik moet naar de klas. Het is tijd!' roep ik.
'Je bent thuis, liefje. Het is de bel van de voordeur.'
Thuis? Welke thuis? Ik krijg een hoestbui. Waarom zitten al die kerels hier te blowen?
Weer voetstappen.
'Hoe gaat het nu met haar?' hoor ik de directeur vragen.
Ben ik dan toch op school?
'Longontsteking. Ze heeft hoge koorts', legt papa geduldig uit. 'Gelukkig heeft die jongen haar tijdig gevonden. Als ze daar de hele nacht was blijven liggen, was het misschien fataal geweest.'
'Een geluk bij een ongeluk. En ik heb nog meer goed nieuws', zegt de directeur plechtig.

De woorden klinken en botsen in mijn hoofd. Welke jongen? Goed nieuws, bestaat dat? Zij weten alles, ik niet. Mijn hoofd staat op barsten.

'Andres heeft bekend. Hij heeft die foto vervalst en rondgestuurd.'

'Dat kan toch niet! De politie...'

'De politie onderzoekt de zaak. Het schijnt dat hij er een sport van maakte om computers te kraken.'

'Dat is strafbaar!'

'Heel zeker! De politie lacht er niet mee. We hebben ook de handtekeningen op de bestelbonnen van de broodjes nog eens onderzocht.'

'Ook die Andres?'

'Klaas Donckers. Hij heeft bekend.'

'Slippendrager!' gil ik.

Wat valt er nou te lachen? Andres laat iedereen naar zijn pijpen dansen. Ze weten nog lang niet alles.

'Zo mag je dat wel noemen, een slippendrager', bevestigt de directeur. 'Andres heeft Klaas onder druk gezet. We hebben gisteren in de schoolraad beslist om hem voor een week te schorsen.'

'En Andres?' vraagt papa gretig.

'De politie moet haar werk doen, maar hij wordt sowieso van school gestuurd. Rotte appels kunnen we missen als kiespijn.'

'Daar zal Laura niet rouwig om zijn.'

Het lijkt alsof een plotse windvlaag de dikke mist uit mijn hoofd jaagt. Ik kan weer helder denken. Aarzelend open ik mijn ogen. Bijna onmiddellijk sluit ik ze weer.

'Het is hier veel te licht', zeg ik.

Gisèle staat op en knipt het licht uit. Alleen het lampje op mijn nachtkastje blijft aan.

'Sorry, mama', fluister ik.

'Geeft niet, meisje. Alles komt goed.'

'Mijn lippen plakken.'

Gisèle laat me drinken.

'Waar is Shana?' vraag ik.

'Moet je dat nog vragen?' grinnikt mama. Ik merk dat haar oogschaduw is uitgelopen.

'Heb je wat gevonden in de winkel?'

'Ik heb een mooie jurk gekocht voor jou. Misschien een beetje gewaagd, nogal laag uitgesneden en met fijne spaghettibandjes.'

'Pfff... ik ben geen nonnetje.'

Weer rinkelt de bel.

'Wie kan dat nog zijn?' vraagt papa verbaasd. Hij rept zich naar de deur. Twee tellen later is hij terug.

'Bezoek voor jou, Laura!'

Ik steun op één elleboog. Eerst verschijnt er een bosje bloemen. En dan... Mijn hart slaat twee tellen over.

'Johan!' roep ik uit.

Ik laat me achterover vallen in de kussens en sluit mijn ogen.

De lippen van Johan branden op mijn mond.

'Ik wist dat je zou komen', fluister ik. 'Jij komt altijd op tijd.'

Johan zwijgt. Ik voel zijn hand trillen tegen mijn wang.

'Hoe heb je mij gevonden?' vraag ik.

'Hoezo? Kaat zou me toch bellen om een afspraakje te maken.'

Ik glimlach.

Helemaal gerustgesteld val ik in een diepe slaap.